jeune femme
au luth

Ce livre n'existerait pas sans J. T.

Titre d'origine : *The Music Lesson,* © Katharine Weber, 1999

ISBN : 978-2-37385-210-3
Dépôt légal : avril 2021
Conception graphique : Sandrine Duvillier
Photo de couverture : © Patryk Kośmider, 123RF
Relecture typographique : Gilles Minot

Les Éditions du Sonneur
5, rue Saint-Romain, 75006 Paris
www.editionsdusonneur.com

jeune femme au luth

Katharine Weber

Traduction de l'anglais (États-Unis)
de Moea Durieux

Les Éditions du Sonneur

POUR MA MÈRE, QUI AIME LES MOTS.

Note de l'auteur au lecteur

Dans un roman, la part de la fiction ne se limite pas forcément aux personnages et à l'intrigue. Personne n'a pu voir le tableau de Vermeer dont il est question dans ce roman, car il n'existe pas. Celui qui se trouve à Buckingham Palace est complètement différent et jamais, que je sache, il n'a fait l'objet d'un chantage avec demande de rançon. Il y a bien eu une exposition Vermeer au Mauritshuis de La Haye, mais elle ne s'est pas tenue en janvier. Écrire à propos de mes voisins serait d'une grande impolitesse et je m'en suis gardée. Il n'existe aucun village du West Cork appelé Ballyroe, mais s'il y en avait un, il pourrait être proche de celui d'Ardfield. Je ne connais aucune formation dissidente de l'IRA baptisée IRLO, Organe de libération de la République irlandaise.

Il souffrait de ne pas savoir exactement ce que signifiait la politique et de ne pas savoir où situer les confins de l'univers.

JAMES JOYCE, *PORTRAIT DE L'ARTISTE EN JEUNE HOMME*

19 janvier, pluvieux

Elle est belle. Rien au monde, absolument rien, n'est plus intéressant à étudier qu'un visage. Son regard me fascine, m'aimante, me tient prisonnière.

Il fait froid, sombre, humide. Pourquoi suis-je ici ? Pour quoi faire ? Dans ces journées si courtes de janvier, la campagne entière, avec ses moutons, ses cochons, ses vaches semble plongée dans un désespoir hivernal. Le vent coupant, glacé, souffle jusque dans mes os. Je me demande par moments si j'arriverai un jour à me réchauffer.

Je regarde mon visage dans le miroir et il me paraît lointain, flou, moins réel que le sien.

Je rentre à l'instant de chez O'Mahoney, la boutique la plus proche, six kilomètres aller-retour sous une pluie battante. J'y ai acheté de l'épicerie, un journal, et ce livre de comptes (le seul carnet qu'il avait en rayon) où je retranscris mot pour mot la conversation que je viens d'avoir avec M. O'Mahoney, la première de la journée :

– Avec cette haie de fuchsias qui a envahi le carrefour, que le conseil du comté devait faire tailler en septembre, mais c'est toujours pas fait, allez savoir pourquoi, peut-être qu'y sont plus occupés à couper les crédits qu'à tailler les fuchsias, vous avez failli vous trouver nez à nez avec la camionnette du boulanger qui arrivait à fond de train. Méfiez-vous, Mademoiselle, elle est dangereuse, cette route, vous avez bien failli y passer, là. Je regardais par la vitrine, juste un petit coup d'œil pour savoir s'il y avait une chance que la pluie s'arrête, mais non, pas la moindre. Vous avez pas trop peur, toute seule dans ce cottage, avec personne à qui parler que le fantôme du vieux Denny ? Vous allez pas tarder à nous quitter, j'imagine ? Vous avez loué pour deux semaines, c'est bien ça ? C'est Willy, le facteur, qui me l'a dit hier. Il avait une lettre pour vous, des États-Unis. Vous l'avez bien eue, j'espère ? Il allait chez vous quand on s'est croisés à côté de l'église, et plus tard, quand je l'ai revu, il m'a dit que vous étiez absente, alors il avait posé la lettre sur une chaise. Je crois bien qu'il a dit une chaise, mais c'était peut-être pas une chaise, peut-être un tabouret, l'escabeau derrière la porte où le vieux Denny enlevait ses bottes. Vous en avez pas assez d'être toute seule avec vous-même ? Janvier, c'est pas un mois pour les touristes. Alors là, pas du tout. Revenez en mai. Voilà la bonne saison. Revenez quand l'air est doux. C'est ça. Un dimanche après la messe, quand l'air est doux, et vous irez faire un petit tour. Ma sœur et moi on aime bien prendre une couverture contre l'humidité, des sandwichs, et on boit notre thé au soleil dans la prairie de notre cousin John, sur la falaise, tranquillement, dans l'herbe tendre et épaisse. Ça vaudrait beaucoup mieux pour vous, croyez-moi.

– Merci, M. O'Mahoney, tout va très bien pour moi. Avez-vous encore de ce fromage de Wexford ?

– Non, pas une miette. Le petit morceau que vous avez eu, c'était un reste de Noël et j'étais bien content de vous le vendre. J'en recevrai pas d'autre avant les mois d'été. Les gens d'ici, ça les intéresse pas ce genre de gourmandise. C'est pendant la saison touristique qu'on trouve les produits haut de gamme que les personnes comme vous ont envie de s'offrir. Pendant la saison touristique. Qui n'est pas cette saison-ci, au cas où vous l'auriez pas remarqué.

Je n'ai pas encore compris si Kieran O'Mahoney, avec son sourire en biais qui n'a rien d'un sourire, me porte un intérêt particulier, s'il éprouve une vague hostilité pour les touristes américains ou si le flot de son bavardage inquisiteur est juste sa façon de parler par une grise journée de janvier. Je n'ai pas compris non plus à quel moment il reprend sa respiration.

La deuxième et dernière boutique de Ballyroe est de l'autre côté de la rue, plus loin, au bout du village. Encore plus mal fournie : quelques rayonnages poussiéreux de haricots en conserve, d'obscures marques de produits de nettoyage, d'éditions de poche fatiguées de livres de Maeve Binchy et de papier tue-mouches de l'été dernier.

Je suis fidèle à O'Mahoney. Comme si c'était important, comme si j'avais toujours vécu ici et comptais y finir mes jours, je marque ma préférence. Je ne fréquente pas l'autre boutique, chez Dunne. Je leur refuse ma clientèle.

La propriétaire, Annie Dunne, est une fouineuse avec deux fois moins de charme que Kieran O'Mahoney, mais deux fois plus d'énergie pour poser des questions insidieuses, lourdes de sous-entendus. À vue de nez, elle a entre quarante et soixante ans. De loin, une pâleur de teint propre aux Irlandais lui donne assez bonne apparence. De près, avec son œil glacé, sa peau de nonne sans âge, sillonnée de petites rides, le dessin cruel de ses lèvres, elle me fait froid dans le dos.

Perchée sur un haut tabouret derrière son tiroir-caisse, face à la vitrine, elle a l'œil sur tout le village. Je suis sûre qu'elle comptabilise mes visites à O'Mahoney. Elle a malheureusement le don de faire des scones savoureux, qu'elle dispose dans une corbeille posée sur son comptoir à côté d'un tas de petites boîtes en bois contenant des rayons de miel de ses ruches.

Certains jours de pluie lancinante, hésitant à rentrer chez moi, j'ai cédé deux ou trois fois à la tentation, me persuadant que je n'offrais pas ma clientèle à Annie Dunne, mais que j'achetais juste quelques scones. Et du miel, la première fois. Je me suis dit dès ce jour-là que je n'y retournerais plus. Annie se montre aimable, mais elle dégage quelque chose de sinistre. Elle serait tout à fait capable, par pur plaisir sadique, de préparer à mon intention des scones pleins de punaises.

Ce n'est pas pour donner raison à Kieran O'Mahoney, mais je suis d'évidence la seule touriste, comme il dit. Il y a peu de gens ici qui sortent de l'ordinaire. Ballyroe n'a qu'une soixantaine d'habitants permanents, pratiquement pas d'enfants (ce qui me va tout à fait), et aujourd'hui, comme chaque jour ou presque, je n'ai pas croisé une seule voiture sur les trois kilomètres de la route en lacets qui mène à Gortbreac Cove, au-dessus de laquelle est perché mon cottage. Marchant sous la pluie battante, portant mon sac à provisions dont les fines anses scient mes doigts engourdis à travers mes gants détrempés, je me suis demandé pourquoi, que j'aille au village ou que j'en revienne, j'ai toujours l'impression de grimper.

Les poches de l'imperméable que j'ai acheté la semaine dernière chez M. O'Mahoney – il se cachait au fond de la boutique, sur l'étagère du bas, enveloppé d'un film en plastique transparent, au milieu d'un assortiment hétéroclite d'objets (tuyau de fourneau noirci, thermomètre géant pour brebis, pièces de rechange extraterrestres pour machine à traire), m'attendant depuis si longtemps que son prix était en anciens shillings, et Kieran me l'a laissé pour quatre livres – les poches, donc, de cet imperméable étaient déjà pleines d'eau à mi-parcours. En rentrant, j'ai mis mes vêtements à sécher dans le cagibi près de la porte.

Quand on a marché sous la pluie irlandaise avec un imperméable irlandais qui prend l'eau, recouvrant un chandail irlandais, qui recouvre lui-même une chemise de flanelle et un jean, on se sent encore plus mouillé que nu sous la douche.

Je me suis changée. Assise devant la cheminée, un bol de thé et des biscuits au chocolat à portée de main, les pieds sur l'ardoise chaude du foyer, je fais sécher mes chaussures, ainsi qu'un billet froissé de dix livres trouvé dans la poche de mon jean.

Je ne me plains pas. Je suis heureuse ici. En quarante et un ans, je n'avais jamais connu un tel manque de confort matériel, mais je n'avais pas éprouvé depuis longtemps un tel bien-être. Je suis chez moi dans ce pays perdu, sauvage. J'y suis venue poussée par un engagement passionnel. Pour la première fois depuis tant d'années, je me réveille chaque matin en ayant quelque chose à faire. Contrairement à ce que pense le village, je ne suis jamais seule. Elle est là. Et c'est pour ça que je suis là.

Tout ce que je croyais savoir du reste de ma vie a volé en éclats ces deux derniers mois.

J'étais dans une latence angoissante. Comment suis-je arrivée, si vite, à modifier si complètement mon existence, et sur tant de plans ?

Elle est là. J'ai du mal à y croire après toute cette attente. Rien d'autre à faire désormais que guetter un signe de Mickey. Je suis au point mort, immobile, hors du temps, comme dans l'œil d'un cyclone quand le soleil perce pour un bref instant. Mais je ne suis pas encore saine et sauve, car la fin de la tornade est en route. Qu'ai-je fait ?

Je prends ces notes pour moi seule. Non. Je ne peux pas dire ça. J'imagine bien sûr que quelqu'un les lira un jour. Je dis : pour moi seule, car elles n'ont rien à voir avec ces manuscrits de roman que les gens cachent dans un tiroir en affirmant bien haut qu'ils se moquent de savoir s'ils seront lus ou non. Je suis convaincue que ceux qui le font – et j'en ai connu – n'ont aucune confiance dans leur talent d'écrivain, savent que leur roman est raté, qu'ils n'ont pas su dénouer leur intrigue, pas compris de quoi il s'agissait, peut-être même n'avaient-ils rien à raconter. Leur véritable intrigue, c'est le manuscrit caché dans le tiroir.

Mon intrigue, c'est ce qui est, sans aucune ambition littéraire. Je ne pense pas du tout être un écrivain. Je ne me demande pas si les mots que j'emploie sont ceux qu'il faut employer. Mon esprit est beaucoup plus près du monde visuel. Je suis une historienne de l'art, dotée d'un certain talent d'écriture, capable de décrire sans fioritures. Voilà tout.

Mon seul désir, en tant qu'historienne de l'art, est de noter ce qui se passe, de dresser une liste précise des faits, de rédiger un rapport de spécialiste. Il m'est impossible, en toute logique, d'être totalement objective – j'en fais partie – mais, par nature et par formation, je m'oblige à essayer. Est-ce présomptueux de penser que mes observations, mes explications ont suffisamment d'importance pour que le monde en soit informé ?

Je ne veux pas que ce texte soit découvert de mon vivant. Il est d'ailleurs possible que je sente un jour la nécessité de le détruire – dès la semaine prochaine, qui sait ? Si je crois malgré tout raisonnable de penser qu'il me survivra, au moment où ceux qu'il peut intéresser le liront, les événements que je rapporte auront trouvé leur dénouement, quel qu'il soit.

Je m'appelle Patricia Dolan. C'est un nom irlandais, ce que les gens d'ici ne cessent de me faire remarquer, comme si, étant américaine, l'origine de mes ancêtres m'était obligatoirement indifférente et ma présence ici pure coïncidence. C'est le rôle que je joue, avec une certaine réticence : l'aimable touriste américaine sans l'ombre d'une curiosité ou d'une notion historique. Les Irlandais sont fascinés par le manque d'intérêt que porte l'Américain moyen à son histoire et à ce qui s'y rapporte. J'entends par là l'amnésie culturelle qu'ont la plupart des Américains concernant leur histoire familiale.

Les États-Unis sont une nation prétentieuse, aux racines incertaines. Ce qui a précédé la naissance de notre mémoire collective ne présente aucun intérêt pour la plupart des personnes que je connais. Nous sommes heureux de vivre dans nos maisons neuves, nos meubles neufs, dans les rues neuves de nos banlieues neuves. Tout est jetable, tout est remplaçable. L'histoire familiale paraît hors de propos dans notre monde neuf, au-delà d'une simple identification de l'origine qui n'a elle-même qu'une réalité assez floue aux yeux des gens. Je me souviens qu'un garçon au lycée avait soutenu à notre professeur d'histoire qu'il était « mi-italien, mi-polonais, mi-anglais, mi-allemand, un quart suédois ». Je pense que si nous sommes si nombreux à être déconnectés de nos histoires, c'est en partie parce qu'elles se sont déroulées ailleurs. Pour nous, le passé est un pays lointain, sur l'autre bord de l'océan.

En quoi puis-je donc intéresser les gens du village ? En presque rien, j'espère. Tout le monde ici a rencontré, j'imagine, quantité de touristes américains portant un nom irlandais qu'ils sont incapables de prononcer correctement et ne sachant même pas précisément de quel coin du pays leurs ancêtres ont émigré voici deux ou trois générations. Ces touristes sont loin d'imaginer la façon dont l'histoire se poursuit aujourd'hui dans les six comtés du Nord.

Ils ne se soucient pas de comprendre comment c'était il y a quelques centaines d'années ; encore moins ces deux dernières décennies. Ils viennent en Irlande pour s'amuser dans les pubs, admirer les paysages, s'offrir de beaux chandails et rapporter en souvenir une canne sculptée ou des verres en cristal de Waterford. Ils ignorent ce qui se passe. Voilà ce que les habitants de Ballyroe pensent de moi.

Mais moi, je sais ce qui se passe. Cela ne va pas sans ironie. Je suis pour la première fois en Irlande, au cœur même de mes racines familiales, les Dolan, les O'Driscoll, et au lieu d'ouvrir grand les bras pour serrer mes parents sur mon cœur – tous les fermiers des environs peut-être –, je suis obligée de me taire et de me cacher, déguisée en touriste ordinaire.

J'ai l'impression que ma vie tout entière n'a été qu'une longue préparation à ce que je suis en train de faire. Mais je dois jouer profil bas. Éviter notamment les pubs du village, où je n'ai d'ailleurs aucune envie d'entrer. Tous les trois sont sinistres, hostiles aux étrangers, avec leurs fenêtres aveuglées de lourds rideaux, comme pour se préparer à un exercice antiaérien. De toute façon, je ne bois pas, je n'ai aucun goût pour les bavardages, et comme je ne vais pas à la messe, je ne participe en rien à la vie locale. D'après Mickey, une femme seule, ici, est sans doute l'objet de toutes sortes de spéculations, et je dois éviter de donner du grain à moudre. L'imagination des Irlandais se met très vite en branle dès qu'il s'agit d'inventer des histoires concernant les gens et la situation où ils se trouvent.

Je suis à l'écoute du tumulte incessant des vagues. Je suis comme fascinée par la ligne immobile, au ras de l'horizon, d'où s'élève le ciel. Je me laisse bercer par l'ondulation des prairies qui transforme le paysage en un immense couvre-lit vert chiffonné. Je ne pensais pas que j'éprouverais encore des émotions aussi intenses. Je pensais bien avoir encore des choses à vivre, des objectifs à atteindre, mais je me croyais incapable d'être bouleversée de nouveau à ce point. Je croyais que mes blessures s'étaient refermées, qu'elles étaient devenues d'épaisses cicatrices engourdies.

Elle, elle est incongrue ici. Mais le contraste entre son élégance et cet environnement élémentaire n'a rien de choquant, car son intemporelle sérénité transcende tout le reste.

20 janvier, toujours pluvieux

C'est dans l'après-midi du 12 novembre, le lendemain de la fête des Anciens Combattants, que j'ai entendu pour la première fois la voix de Mickey au téléphone. J'ai pensé que quelque chose était arrivé à Pete. Quand on a un père agent de police, même s'il est un retraité grognon, on s'attend toujours, en décrochant l'appareil, à entendre une voix anonyme annoncer ce qu'on n'aurait jamais voulu entendre. J'étais à la diathèque de la Frick Collection – je travaille à la bibliothèque du musée –, essayant de mettre de l'ordre dans le bazar du tiroir de Fragonard, quand on m'a transmis la communication depuis le bureau des références où j'ai l'habitude de travailler.

– Patricia Dolan ?

– Elle-même.

– Patricia Dolan, la fille de Pete Dolan ?

– Oui, pourquoi ? Il lui est arrivé quelque chose ?

– Non, non, pas du tout.

C'est à cet instant que j'ai remarqué son accent irlandais.

– Non, je suis votre cousin, Michael O'Driscoll.

– D'où m'appelez-vous ?

Rassurée, je devenais curieuse. Il avait une voix jeune. J'ai pensé à un étudiant en rupture d'université, débarquant sac au dos pour faire fortune en Amérique.

– D'une cabine de Central Park, juste en face de votre musée. J'ai pensé que vous pourriez peut-être sortir pour boire une tasse de thé et discuter un peu avec moi. Je n'ai pas de quoi payer le billet d'entrée, et de toute façon je ne saurais pas vous trouver au milieu de vos bouquins.

Il était jeune, seize ans de moins que moi, un visage faussement enfantin, des yeux d'un bleu aussi vif que ceux de Pete – j'ai hérité du brun topaze de ceux de ma mère – qui plongeaient dans les miens chaque fois que je me tournais vers lui pendant que nous remontions Madison Avenue jusqu'à E.A.T., une cafétéria sans façon mais hors de prix, et je savais que je réglerais l'addition. J'éprouve une passion irraisonnée pour cet endroit et ses gressins, à quoi s'ajoute le plaisir secret d'y observer une célèbre romancière à la longue tresse blanche, qui vit dans le quartier, occupe toujours la même table d'angle, et complète furtivement son déjeuner par une soupe achetée au bistro d'en face.

Michael O'Driscoll ne ressemblait ni par les traits ni par le teint à l'Irish typique, mais son visage dégageait quelque chose de subtilement irlandais : une circonspection souriante. Nos cheveux avaient presque la même couleur, beigeasse. Il avait besoin d'aller chez le coiffeur. Nous étions de la même taille – je suis plutôt grande pour une femme, lui plutôt petit pour un homme – et je notais notre ressemblance dans les vitrines des magasins. Nous aurions pu être frère et sœur.

Quand il souriait, ce qui lui arrivait souvent, ses yeux se plissaient et son visage, qui dans ses brefs moments d'immobilité n'avait rien de particulier, semblait brusquement vieillir de dix ans.

Ses vêtements n'étaient pas vraiment élimés, mais on remarquait, en dépit de leur propreté, qu'il portait depuis longtemps sa chemise de flanelle, son pull et son pantalon de velours côtelé. Il avait la démarche franche, de larges enjambées, de la grâce en un mot, mais je le sentais vigilant, sur ses gardes, observant tout autour de lui pendant que nous marchions.

Sa façon d'occuper l'espace m'a brusquement rappelé quelqu'un pour qui j'avais eu un petit faible quelques années plus tôt, un garçon de Seattle, Rick quelque chose, guide d'une patrouille genre boy-scout, qui s'exerçait aux exploits de survie. Je l'avais rencontré à plusieurs reprises alors que l'une de mes amies de fac, qui était sortie avec lui, lui faisait visiter New York. Un homme qui semblait capable de tout. Rick Green, oui, c'est ça. Il regardait autour de lui avec la même attention que Mickey, la même prudence circonspecte.

Pour Rick, les rues de New York étaient littéralement une jungle de béton. Il rêvait d'organiser une expédition souterraine pour explorer les stations désaffectées du métro. Je rencontre parfois des hommes qui me rappellent Rick, et il se tient là de nouveau, s'attaquant à la sauvagerie new-yorkaise avec l'adresse méticuleuse d'un pionnier de l'Ouest, descendant en rappel le Seagram Building, tissant avec du fil dentaire un hamac entre les arbres de Central Park ou mettant le feu à un exemplaire du *Daily News* pour faire cuire son repas. J'aime qu'un homme soit compétent.

Sur le chemin de la cafétéria, Michael O'Driscoll m'a demandé de l'appeler Mickey et, au second carrefour, nous avions passé en revue toute la famille O'Driscoll pour préciser notre cousinage. Ça peut paraître étrange, mais j'ignorais jusque-là que j'avais encore des parents en Irlande. D'autant plus étrange, à la réflexion, que dans ma famille, on porte un extrême intérêt à la politique irlandaise. Peut-être était-ce dû à la brutale séparation entre mon grand-père Paddy et ses parents, deux courtes générations seulement après l'émigration familiale.

Tout ce que j'avais appris de mon père et de mon grand-père concernant l'histoire de ma famille irlandaise semblait appartenir à un lointain passé. Je n'avais jusque-là qu'une notion purement mythique de l'Irlande. Politique et théorique. Et mes ancêtres n'étaient pour moi que des daguerréotypes. Difficile à croire vu le lieu où je suis assise en ce moment pour écrire ces mots, mais c'est vrai. La brusque apparition de Mickey était presque choquante, de ces choses qui n'arrivent que dans les films, comme si l'un de mes ancêtres était sorti de son tombeau pour me téléphoner et remonter à présent Madison Avenue avec moi, tout en parlant.

Mickey m'a raconté qu'il avait grandi à Rosscarbery, un village du comté de Cork, puis qu'il était entré au Trinity College à Dublin – le premier de la famille, a-t-il précisé fièrement – et il a eu l'air content que j'identifie aussitôt Rosscarbery comme le lieu de naissance d'O'Donovan Rossa et de Michael Collins.

– Vous y êtes allée, bien sûr ?

– Jamais.

– Un péché dont il va falloir vous repentir très vite, a-t-il dit en souriant pendant qu'il tenait ouverte pour moi la porte du E.A.T.

Deux adolescentes dans les douze ans, élèves du Nightingale Bamford dont elles portaient l'uniforme, se sont glissées sous son bras comme si le monde entier était à leur dévotion, et nous avons échangé un sourire par-dessus leurs têtes.

Ce genre de rencontres est toujours difficile pour moi. Katie aurait huit ans aujourd'hui. Lirait-elle *Le Journal d'Anne Frank* ? Aurait-elle des rollers ? Nous assommerait-elle pour se faire percer les oreilles ? Elle avait tout juste commencé les leçons de piano.

En attendant qu'on prenne notre commande, Mickey m'a dit à quel point il était heureux d'avoir réussi à me trouver. J'ai répondu que je l'étais aussi. J'éprouvais à le voir ainsi devant moi une sorte d'étourdissement, de soulagement, comme si je l'avais attendu très longtemps. Exactement ce que j'éprouve à l'aéroport de La Guardia, quand je guette Pete dans la navette et que je scrute attentivement les visages étrangers qui en sortent, jusqu'au moment où l'un d'eux prend les traits de mon père.

À cet instant précis, assise avec Mickey, attendant qu'on nous serve, j'ai retrouvé une impression perdue depuis longtemps, l'impression de ne plus être seule. Non, c'était au-delà de ça. L'impression d'être en sécurité.

Je n'ai pas pensé à lui demander comment il avait découvert mon lieu de travail. À la réflexion, le plus probable était un appel à Pete ou le message de mon répondeur, puisque nous sommes l'un et l'autre dans l'annuaire, lui à Boston, moi à Manhattan. J'ai appris depuis que le renseignement était l'une des spécialités de Mickey. Et je sais désormais, bien sûr, qu'il ne cherchait pas Pete. Il me cherchait, moi.

Certains jours, la conversation de haut niveau et le déjeuner formel et élaboré que partage l'équipe de la Frick sont au-dessus de mes forces. C'était le cas ce jour-là, et j'avais accompagné mon yaourt de quelques pages du roman d'Iris Murdoch, *La Mer, la mer* – « L'un des secrets d'une vie heureuse tient à l'addition de petits plaisirs » est une mine inépuisable de sagesse. Pendant que nous mangions une soupe avec des gressins, Mickey m'a dit que c'était la première fois qu'il venait en Amérique et qu'il se sentait comme un crétin de touriste. Il était là pour six semaines, car il avait une petite chance de faire un stage d'ébénisterie chez un Irlandais de sa connaissance, un émigré de Kilkenny dont l'atelier de SoHo connaissait un très grand succès. J'avais vu en effet le dimanche d'avant un article du *New York Times* à propos de cet atelier.

Il m'apprit qu'il occupait à Rego Park, dans le Queens, la garçonnière de l'un de ses camarades de collège qui travaillait pour Aer Lingus. Quand il m'a vue sourire – pas seulement à cause du mot « garçonnière », mais du ton solennel avec lequel il avait prononcé « Rego Park » et « Queens » –, il m'a saisi le poignet en riant et s'est corrigé lui-même en disant « appartement » avec le ridicule accent nasillard des Américains. Entre le dessert et le café, j'étais amoureuse. Je crois qu'il lui a fallu un peu plus de temps.

Il savait tout de moi, évidemment. Il savait par exemple que je n'avais jamais été en Irlande.

Il savait absolument tout. Je devrais lui en vouloir, je suppose, de m'avoir laissée lui raconter à ma façon et à mon rythme, pendant les jours et les semaines qui ont suivi, mon enfance sans mère, Pete et Paddy, mes années d'études, mon travail, Sam, Katie, l'accident, la brève et médiocre liaison que j'avais eue ensuite, dans cette période de vide, avec un homme marié, conférencier invité en histoire de l'art à l'université Columbia qui était venu m'acheter des diapositives – toutes choses qu'il connaissait déjà.

J'aurais dû m'étonner davantage, je suppose, du vague de ses projets à New York, de sa complète adaptation à mes horaires de travail, de sa disponibilité totale, de son manque de plans pour Noël. De la dévotion tout de suite affichée envers sa cousine au troisième degré. Que dire ? Je n'avais plus la tête à rien. Mickey insiste sur le fait que tomber amoureux de moi ne faisait pas partie de son plan. Il précise qu'il est tombé amoureux comme tombe une tonne de brique – obscure expression irlandaise que, pensait-il à sa charmante façon, je ne connaissais sans doute pas. Et même si tout avait été décidé à l'avance, qu'importe.

– Quarante et un ? Je n'y crois pas une seconde, Patricia. On a dû t'enfermer dans un caisson cryogénique. Dans le West Cork, les femmes de quarante et un ans n'ont plus une seule dent, mais du poil au menton et les seins au nombril. Elles sont complètement desséchées. Quand je cherchais à imaginer ma lointaine cousine de New York, je ne me voyais pas lui tourner autour. Pour moi, tu ressemblais à ma mère, à ma grand-mère, ou à la sœur Joseph – une terreur celle-là –, qui nous faisait la classe.

Toutes choses entendues pendant notre troisième ou quatrième nuit, et que j'aurais pu trouver offensantes si elles n'avaient été murmurées par Mickey vautré dans mon lit, dessinant d'un doigt caressant, sur le haut de ma hanche nue, une petite ligne à donner le frisson.

Oui, j'avais été dans un caisson cryogénique jusqu'à Mickey. Comment expliquer ce qui se passe avec lui ? Avec quels mots décrire cette attraction ? D'une telle sauvagerie parfois que ça me fait peur – ça, mon désir de lui, mon obsession. Mickey m'a transformée. Ressuscitée.

Il y a des années, j'ai vu à la télévision un documentaire sur les transplantations cardiaques qui m'a fascinée. Le cœur du donneur, conservé dans la glace, est d'abord réchauffé, puis placé dans la poitrine où se trouvait quelques instants plus tôt un cœur malade. Après des heures de chirurgie, arrive l'instant de vérité, quand on enlève les pinces et que le sang afflue dans ce nouveau cœur qui était resté plusieurs heures inerte et froid. Réchauffé par le sang circulant, il commence lentement à faire ce pour quoi il est fait – il se met à battre de nouveau.

Parmi mes souvenirs d'enfance les plus chéris, je suis sur les genoux de mon père, adossée contre lui, la tête sur sa poitrine, heureuse d'entendre sa voix traverser l'air jusqu'à mon oreille, plus heureuse encore de la sentir vibrer à travers mon corps alors qu'il me raconte les histoires de l'Irlande – tout un mélange d'événements historiques et de légendes, de contes et de mythes familiaux. Pete me racontait Brian Boru, le roi des Dalcassiens au xe siècle. Je m'endormais bercée par la bataille de la Boyne, où triompha Guillaume d'Orange. À sept ans, lors d'une longue nuit de varicelle, je découvris Michael Collins, les guerres avec les Black and Tans ainsi que les Pâques sanglantes. Je savais tout de notre lignée, les Dolan et les O'Driscoll, et j'ai toujours été au fait de ce qu'était la Grande Famine, qui débuta en 1846 et dont les Anglais profitèrent pour chasser mes ancêtres de leur terre irlandaise.

J'ai découvert en même temps le côté joueur et magique de l'Irlande, les fées, les cairns, l'or des Celtes qui surgit sous la charrue des fermiers, les cercles de pierres levées et les blocs solitaires qui poussent comme des champignons sur les collines brumeuses. Je m'efforçais de croire que saint Patrick avait vraiment chassé tous les serpents de l'île. J'apprenais qu'être Irlandais implique une relation profonde avec l'histoire, la grande et la petite. Que nous pardonnons rarement et n'oublions jamais.

J'ai enfin appris de mon père que, pour un Irlandais, la beauté, la mélancolie, la cupidité, le courage, la passion, la cruauté vont parfois ensemble.

Et puis Mickey est venu. Comment trouver les mots pour dire ce que cela signifie pour moi ? Ce n'est pas seulement un banal désir, une solitude, une occasion qui ont fait que c'est arrivé, bien que tout cela ait joué un rôle. Mickey a surgi de nulle part comme l'incarnation de tous les idéaux, de toutes les mythologies de Pete. Comment aurais-je pu résister ? Pourquoi l'aurais-je voulu, d'ailleurs ? Sexuellement, c'est une révélation.

À vingt ans, pour fuir la Grande Famine, l'arrière-grand-père de mon père, un certain Michael Dolan, quitta le village de Leap, dans le West Cork, à environ douze kilomètres d'ici sur la route de Skibbereen. C'était en 1848. Il débarqua au Canada et s'installa près d'Halifax, devint un fermier honorable, épousa une fille du pays du nom de Margaret Daly, ou Bailey, cela dépend des registres, d'origine inconnue, et en eut trois filles et un garçon, Vincent. Ce Vincent Dolan, grand-père de mon père, épousa pour sa part une fille de Nouvelle-Écosse, Maureen O'Driscoll, née à Sydney, dont le père, Joseph O'Driscoll de Skibbereen, s'était embarqué à Queenstown (aujourd'hui Cobh) sur le même rafiot que le père de Vincent.

Ils eurent six enfants, dont quatre périrent pendant une épidémie de grippe. Seuls les aînés, des jumeaux, survécurent. Mon grand-père Paddy Dolan, mobilisé pendant la Grande Guerre, se battit en France aux côtés des Anglais, tandis que son jeune frère Teddy – plus jeune que lui de dix minutes – prenait soin de la ferme. Paddy revint avec une blessure de guerre et une épouse de guerre enceinte, ma grand-mère Rose Thornton, une infirmière anglaise qui s'imaginait s'être mariée avec une sorte de Yankee prospère.

Cette union était inacceptable pour le clan Dolan, qui accueillit mal le jeune couple. Trop fiers pour rester, Paddy et Rose s'embarquèrent immédiatement pour Boston, où mon père, leur fils unique, naquit au plus fort d'une brusque vague de chaleur, au troisième étage d'un immeuble sans aucun confort de South Boston. C'était en 1918. Mon grand-oncle Teddy, qui ne se serait jamais mis dans un tel pétrin avec une Anglaise protestante, hérita seul de la ferme. Il est mort célibataire, et ce qui restait de la propriété a été rasé il y a vingt ans par une opération immobilière. Par testament, Teddy léguait tout à l'Église catholique – ultime clause, probablement, d'un accord funeste avec ses parents.

À Boston, Paddy se fit très vite des amis dans la communauté irlandaise. Après quelques emplois subalternes, il finit par devenir agent de police – un vrai Irish battant le pavé, célèbre pour son accent irlando-canadien. Rose ne se fit jamais à la dureté inattendue de sa vie. Elle passa pratiquement le reste de son existence dans son lit – où Paddy ne devait pas être souvent invité, puisqu'ils n'eurent pas d'autres enfants. Rose Dolan mourut d'une crise cardiaque alors que mon père était encore à l'école. Elle avait cessé de vivre depuis longtemps. Pete ne parlait pas souvent de sa mère.

– Sa mort a été un soulagement, pas une tristesse, mais la fin d'une tristesse, m'a-t-il dit un jour au cours d'une longue virée en voiture jusqu'au Maine, où nous devions passer une semaine avec celui de ses amis que je préférais, Jimmy Deary, célibataire, inspecteur de police en retraite, qui avait hérité de la ferme familiale à Hallowell.

J'avais quatorze ans cet été-là. Je haïssais mon corps incontrôlable. Je haïssais les filles qui avaient du succès et maîtrisaient les secrets de l'univers, au moins ceux qui permettent de réussir brillamment en classe de quatrième. J'aurais voulu être un garçon, le fils que mon père avait certainement désiré au lieu de cette fille mal faite qui lui rappelait peut-être sa mère, et plus certainement la mienne, absente et tellement regrettée. À la façon dont il m'a parlé de la mort de Rose, avec une petite grimace de circonstance, je l'ai cru – j'ai cru qu'il avait cru résumer en ces quelques mots tous les sentiments qu'il avait éprouvés.

– Jamais je ne me suis senti aimé par elle, uniquement critiqué, a-t-il ajouté en secouant la tête comme pour chasser ses idées noires, avant de se tourner vers moi avec un air penché – sa façon de dire « Et si on parlait d'autre chose ? » – et de me demander si j'étais partante pour une glace à Damariscotta.

Aussi brève qu'elle fut, nous n'aurions pas pu avoir cette conversation si Paddy avait été avec nous ce jour-là. « Épargne un chagrin supplémentaire à ton grand-père sur ce sujet » m'exhortait Pete chaque fois que nous parlions de sa mère. C'était une recommandation inutile. Rose, je l'ai toujours compris d'instinct, était un sujet tabou pour Paddy.

Quand il n'avait pas bu, mon grand-père était un cœur d'or, dont l'amour et la bienveillance avaient à peu près suffi à mon père pendant son adolescence. Paddy faisait la cuisine, le ménage, et prenait soin de son fils, mais ils devaient se sentir seuls tous les deux dans cette maison sans épouse ni mère.

Paddy avait été exilé par ses propres parents, il avait vécu, pendant la Grande Guerre, l'affreux carnage du bois Belleau, et il avait échoué à donner une mère à son fils. Il n'avait pas l'air de s'appesantir sur les chagrins de sa vie, mais ses cuites au Jameson sec, chaque soir, devaient lui être indispensables pour aborder la frontière des ténèbres.

J'aimais Paddy. Je portais son nom. Dans les images de mon enfance, il est toujours en uniforme, jamais en civil, alors qu'il était déjà à la retraite quand j'étais petite et n'avait plus le droit de le porter. À la fin de sa vie, il habitait avec mon père et moi. Il était immense, la voix sonore, l'accent prononcé. Il est mort d'une crise cardiaque alors que j'étais encore au collège. Il a eu un magnifique enterrement d'agent de police. Avec cornemuses.

Pete a lutté toute sa vie contre la dépression, comme on dit en langage clinique. Le cafard des Dolan. Je l'en admire d'autant plus pour sa force, sa dignité, ses combats, ses rages. Jusqu'à maintenant, mes passions, si on peut appeler ça comme ça, ont toujours été d'ordre cérébral, même aux moments heureux de ma vie. Peut-être avais-je le sentiment qu'en me laissant aller à de trop fortes émotions, même quand tout allait bien, je risquais de réveiller la douleur, le manque de ma mère. Dans les moments difficiles que j'ai connus, j'ai traversé de longues périodes où l'idée même de me lever, de m'habiller et de passer pour un être humain un jour de plus m'était insupportable. La mort provoque cela.

Depuis trois ans, je m'étais résignée à vivre dans un état d'anesthésie permanent, un détachement fonctionnel soigneusement scellé. J'ai compris pas mal de choses au long des centaines d'heures que j'ai passées à forer dans la mine de mon inconscient, notamment la puissance de mon identification à Pete. Pas étonnant que j'aie voulu être un garçon. Et en même temps que je crois avoir surmonté la plupart de mes difficultés – ou du moins les avoir acceptées, « subsumées », comme disent les professionnels de la santé mentale dans leur terrible jargon –, mes croyances, mes engagements s'attachent à Pete de façon vitale.

Et à Mickey. Car, après tout, je suis en Irlande maintenant, à vivre le destin des Dolan.

Il m'arrive parfois de la regarder si longtemps que je suis obligée de sortir, d'emprunter le sentier des vaches qui passe devant le cottage, longe la crique et remonte de l'autre côté. À la lisière d'un champ où le sentier tourne sur lui-même, j'aime franchir la barrière de barbelés qui empêche le bétail de s'échapper mais n'est pas du genre à m'impressionner. Je traverse alors une série de vieux champs cabossés en direction de la mer, jusqu'au rocher au sommet de la falaise. Ce rocher s'appelle Ardnageeha – mais peut-être est-ce le nom de la falaise elle-même, je ne sais pas –, ce qui veut dire « le haut du vent ».

Les peintres hollandais du XVIIe siècle n'avaient pas peur du vent. Pensez aux ciels immenses qui emplissent leurs toiles, à ces hautes tours de nuages noirs, à ces arbres échevelés. À Ardnageeha, j'imagine Jacob Van Ruisdael à mes côtés, travaillant avec sa probité légendaire à peindre le portrait du vent.

21 janvier, clair et froid

Il y a deux sortes de conversations qui ont toujours mis Pete hors de lui : quand, avec le goût de la provocation qu'ont les adolescents, j'insistais pour qu'il m'explique encore une fois les raisons de la cruauté des parents de son père, et quand quelqu'un (pas moi, jamais) a le malheur de dérailler sur la question des Anglais en Irlande. Ou des Anglais en Chine. Ou des Anglais en Inde. Ou des Anglais en Amérique du Nord. Ou des Anglais en Afrique. Ça le fait littéralement aboyer. Pendant toute l'administration Nixon, mon père pouvait passer des heures à démontrer que les Anglais étaient seuls responsables de la guerre au Viêtnam.

Et quand il s'emballe sur le thème de la Grande Famine, on ne peut pas l'arrêter tant qu'il n'a pas dénoncé et maudit les Anglais pour leur politique génocidaire délibérée. Pendant toute mon enfance, j'ai eu l'intime conviction que tout le monde savait que les deux pires monstres de l'histoire étaient Adolf Hitler et Lloyd George. Le jour où j'ai fait cette déclaration en classe de terminale, mon professeur d'histoire s'est moqué de moi. C'est alors que j'ai découvert que le monde n'est pas toujours d'accord avec les Dolan et qu'il est nécessaire et prudent, parfois, de garder son point de vue pour soi.

Ce que nous faisons aujourd'hui a-t-il un sens? Il y a peut-être du changement dans l'air, avec ces cessez-le-feu constamment rompus et raccommodés. Peut-être pas. J'ai tant à apprendre. Mickey a été très patient. Il y a du changement, d'accord, avec des coalitions bricolées, tout nouveau tout beau, et des gens qui s'asseyent à la même table, dans la même pièce, et tout et tout. Mais il n'y aura pas de vente au rabais cette fois. La paix à n'importe quel prix n'est pas la paix. Et nous ne pouvons pas rester assis et attendre que la Petite Angleterre éternelle arrange tout. Elle a eu son temps. Maintenant, c'est notre tour.

Nous n'attendrons pas. Plus question d'attendre. Nous nous sommes trop longtemps laissés étrangler. Le passé est toujours présent, comme dit Mickey. Nous ne devons jamais perdre cela de vue.

Mon plus grand regret, mon unique regret, est de ne pouvoir dire à Pete ni ce que je fais, ni pourquoi je le fais. Je crois qu'il serait fier. Je déteste lui mentir et j'aurais voulu éviter, mais Mickey ne m'a pas laissé le choix. Oh! Pete! Je sais qu'il serait fier de moi!

Il existe sans doute dans chaque famille, à chaque génération, un mythe du bonheur perdu. La déception de ma grand-mère Rose, à ce qu'on dit, tenait à son espoir d'une certaine prospérité dont elle se trouva frustrée. C'est du moins l'origine supposée de ses chagrins. Mais qui sait à quoi ressemblait la première partie de sa vie ? On ne commence à se faire une petite idée d'elle qu'au moment où elle s'est embarquée pour le Nouveau Monde. C'était une orpheline et, selon Paddy, selon Pete, une infirmière pleine de bravoure et de sang-froid sur le front. Elle devait donc avoir pas mal de courage et de bon sens, de quoi affronter l'hostilité, dérisoire en comparaison, de ces têtes de cochons de Dolan qui rechignaient à accueillir une Anglaise dans la famille, laissant même sournoisement entendre que rien ne prouvait que le polichinelle qu'elle avait dans le tiroir appartenait à leur lignée et n'était pas le cadeau d'on ne sait quel Tommy.

Quelle qu'ait été son origine, son amertume était profonde. On pourrait dire qu'elle a gâché elle-même ses possibilités de bonheur. Mon père a passé sa vie à pleurer cette perte, cet amour perdu. Je me demande parfois si sa haine pour les Anglais ne tient pas autant à ses propres malheurs qu'à ceux qu'ils ont infligés aux Irlandais.

Jusqu'à sa retraite réglementaire, il y a douze ans, Pete était, inévitablement peut-être, inspecteur à la Police départementale de Boston. Il vit maintenant dans un appartement sur O Street, dans South Boston. Sa pension lui aurait permis de ne plus rien faire, mais il a travaillé quelques années de plus comme vigile à mi-temps dans une banque. Même dans l'uniforme bidon du service de sécurité, il avait grande allure. Il passe la plupart de ses soirées chez Foley's, un bar irlandais du quartier où l'on parle la même langue que lui.

Pour moi, si Pete a pris ce poste de vigile, c'est à cause de l'uniforme, qui lui rappelait sa jeunesse, son temps dans la marine pendant la guerre, ses premières rondes de surveillance lorsqu'il n'était encore qu'un bleu. L'uniforme sied aux Dolan. Pete a commencé à Dorchester, puis il s'est installé en ville avant de passer inspecteur et de revêtir les vêtements civils qu'il a portés toute mon enfance – pantalon kaki, chemise blanche, veston de tweed un peu râpé, cravate rarement nouée, qui pendait d'une poche de son veston comme le stéthoscope d'un médecin d'une poche de sa blouse.

Cette description de la tenue de Pete lui donne peut-être un air très professoral, mais quand j'étais enfant, deux choses l'empêchaient de ressembler aux pères de mes amies, généralement universitaires ou avocats : ses chaussures noires à bout ferré qu'il cirait en crachant dessus et la bosse disgracieuse que dessinait son revolver sous son veston.

Ma mère est morte quand j'avais cinq ans. Elle en avait trente et un. Elle est morte d'un cancer du sein. Quand je pense à elle, je ne sais jamais si je me souviens d'elle ou du vide qu'elle a laissé. Mon souvenir le plus précis est celui de ses mains.

Elle devait être très malade, proche de sa fin, couchée, endormie peut-être, tandis que je me tenais assise auprès d'elle. Je ne me souviens plus de ce qu'elle m'a dit. Je ne me souviens plus du son de sa voix. C'est peut-être la dernière fois que je l'ai vue. Je ne sais plus si je suis restée cinq minutes ou une heure avec elle. Ou ma mémoire confond peut-être ce jour-là avec d'autres pour n'en plus faire qu'un seul – une cristallisation. J'ai un souvenir silencieux d'éclats de soleil et d'ombre tombant en oblique depuis la fenêtre, d'une odeur de draps fraîchement lavés confondue à une autre odeur – celle de l'eau croupie dans un vase de fleurs fanées, ou celle de la mort.

Mais mes souvenirs les plus forts sont presque toujours visuels. Quand je pense à ma mère, je pense à cette journée, et quand je pense à cette journée, je revois le contraste de sa peau jaunâtre avec la blancheur du linge, et ses mains comme des ailes d'oiseau effleurant la couverture, un geste que je retrouverai violemment dans un tableau de Van der Weyden à la pinacothèque de Munich vingt ans après.

Mes propres mains, je l'ai découvert cet après-midi-là – le souvenir que je garde de la lumière est celui d'une lumière d'après-midi – étaient la réplique miniature des siennes, même si ma peau était neuve et parfaitement tendue, et la sienne toute ridée et fragile. Pendant qu'elle dormait, j'ai joué très doucement à sculpter de petites montagnes avec cette peau lâche qui couvrait le dos de ses mains. J'ai comparé l'une des miennes à l'une des siennes en les superposant, et j'ai enfoncé le bout de mes cinq doigts dans les volutes de ses articulations.

Après, elle ne fut plus là, et le seul souvenir que je garde d'elle ensuite est son absence.

Elle s'appelait Louise Kelly, de New York. Ses ancêtres étaient sans doute ces Kelly qui, en 1851, juste à la fin de la Grande Famine, avaient émigré de Mallow, toujours dans le comté de Cork. Je ne sais pas grand-chose de sa famille. Sa mère était une Gross, de Bridgeport, dans le Connecticut, juive probablement. Je n'ai pas connu mes grands-parents maternels. Ils ont pris leur retraite en Arizona quand j'étais bébé, et je n'avais pas huit ans quand ils sont morts, l'un après l'autre, de façon inattendue, me laissant sur un compte en banque de l'argent qui a été le bienvenu. Mon grand-père Kelly avait été pompier dans le Queens. Je n'ai de souvenir d'eux qu'au travers de deux photographies, aux bords festonnés et aux couleurs fanées, d'un homme et d'une femme à cheveux blancs tenant sur leurs genoux un nouveau-né qui est moi.

Mes parents se sont rencontrés à Boston, à la Saint-Patrick, au cours d'une soirée où le cavalier de ma mère était un camarade de régiment de mon père. L'histoire tient en quatre phrases : « Qui est cette jolie fille ? » demande mon père à son copain. Le copain répond : « Pas question que je te la présente. » « Et pourquoi ça ? » demande mon père. « Parce que, répond le copain, si je te la présente, tu l'épouseras. »

Ma mère enseignait à l'école communale où j'ai été élève ensuite. Contre toute attente, on ne m'a pas envoyée à l'école paroissiale. On respectait Dieu chez nous, bien sûr, mais on ne le craignait pas. Pete se qualifiait lui-même de catholique intermittent, et comme nos grands-parents ne nous y poussaient guère – Paddy lui-même n'en parlait jamais –, nous n'allions que rarement à l'église. Le christianisme m'intéresse surtout dans la mesure où il a été le sujet de tant de chefs-d'œuvre de la peinture. Cela dit, je me rends compte que je ne me suis jamais considérée comme simple catholique, mais comme catholique irlandaise. J'essaie d'aller à la messe la veille de Noël et le jour de Pâques, sans trop savoir pourquoi. Peut-être à cause des odeurs, celle de l'encens particulièrement, et de la ferveur si profonde qui émane des gens âgés. J'aime le rituel, ses rythmes, autant que sa signification. Solennité et humble précision de chaque moment du cérémonial.

Le manque de ma mère, l'idée de ma mère m'accompagneront sans doute jusqu'à la fin de ma vie. Mais depuis que je suis en Irlande, je ne pense qu'à Pete. Je sens très fort que c'est la fille de Pete Dolan, ici, enfin, sur la terre de ses ancêtres, qui suit la route jusqu'au village. Même si lui n'y est jamais venu. Car, pour tout dire, il n'a jamais mis les pieds en Irlande. Nous n'avons jamais été plus loin que le Maine ou le cap Cod, chaque été, pour une quinzaine de jours. J'ai grandi, enfant unique, comme il est de règle dans la famille Dolan, fait mes études secondaires et passé mes vingt premières années dans la banlieue de Boston, à Mission Hill, juste en face de l'avenue Huntington à Brookline, Massachusetts, où est né saint John Fitzgerald Kennedy.

Mais aujourd'hui, où je me sens si liée à chaque rocher du West Cork, à chaque buisson de genêt, il est profondément frustrant pour moi de ne pouvoir dire à âme qui vive à Ballyroe que j'ai du sang O'Driscoll. Je réponds par un sourire vague, détaché, chaque fois qu'on me dit que j'ai tout à fait le type Dolan, qu'il y a des Dolan à Skibbereen, des Dolan à Timoleague, des Dolan plus bas à Red Strand, des Dolan à Clonakilty à moins de dix kilomètres d'ici. J'en suis bien convaincue et je suis sûre que la plupart d'entre eux sont mes cousins.

Comme l'est Mickey. Son arrière-arrière-grand-père James O'Driscoll était le frère de Maureen O'Driscoll Dolan, mon arrière-grand-mère. Des O'Driscoll de Skibbereen. Comment se peut-il que je ne le connaisse que depuis quelques semaines, depuis la mi-novembre ?

Non. Je le connais depuis toujours. Mickey est la lumière de ma vie, le feu de mes reins. Michael Patrick O'Driscoll. Vingt-cinq ans, alors que j'en ai quarante et un – pas aussi choquant qu'entre Humbert Humbert et sa Lolita, mais un peu quand même – et je suis affamée de lui.

Penser à lui me coupe le souffle. Seule dans cette chambre, dans ce cottage perdu au milieu de nulle part, je rougis. Ai-je perdu la tête ? Mickey n'est-il qu'une fantaisie atavique de mon imagination ? Ai-je créé de toutes pièces cet intermède irlandais, cet enchantement ?

J'ai brûlé mes vaisseaux, c'est sûr. Je suis revenue à la vie, réinventée. J'ai une place toute neuve dans le monde grâce à Mickey. Ça devait arriver, si quelque chose devait jamais arriver. Je sais, cela sonne mélodramatique, mais je n'ai pas d'autres mots. Mickey O'Driscoll m'a demandé de venir ici et je suis venue.

Il arrive que l'on fasse quelque chose juste pour de mauvaises raisons.

Au plus profond de mon cœur, il m'est difficile d'affirmer que le désir irréductible d'être à jamais libérée de la tutelle anglaise m'importe autant que mon amour pour Mickey. Si quelqu'un d'autre m'avait contactée il y a deux mois et en avait appelé à mes seules convictions idéologiques, serais-je venue ici ? Probablement pas, en toute franchise. Peut-être. Je ne saurai jamais.

Mais je suis certaine de croire de tout mon cœur que le gouvernement britannique n'a aucun droit sur l'Irlande, n'a jamais eu aucun droit sur l'Irlande, et n'aura jamais aucun droit sur l'Irlande. Que la présence du gouvernement britannique en Irlande est une usurpation et un crime. C'est, à quelques mots près, la déclaration de James Connolly, qui commandait le bataillon des Volontaires de Dublin le 24 avril 1916, lors de l'assaut de la Grande Poste qui a marqué le début des Pâques sanglantes. Comme il avait été blessé pendant le combat, les soldats anglais l'ont relevé et attaché à une chaise avant de le fusiller. J'avais dix ans quand Paddy m'a donné cinq dollars pour que j'apprenne par cœur la déclaration de Connolly, et il était aux anges quand il me la faisait réciter, les soirs où la partie de poker tournant avait lieu chez nous.

Quand ma prestation venait assez tard dans la soirée – c'est-à-dire après que la bière irlandaise avait coulé à flots –, elle provoquait immanquablement son lot de larmes, de hourras et de ballades sentimentales.

Quoi qu'il en soit, je suis aussi profondément certaine de la justesse de notre plan que le serait Pete s'il le connaissait.

– Je crois que j'aimerai votre vieux, m'a dit Mickey alors que je lui racontais, par-dessus notre soupe de ce premier après-midi, les sempiternelles fulminations de Pete Dolan contre Charles Edward Trevelyan et l'obscénité de la prétendue Relief Commission, qui a présidé au génocide que nous appelons « la Grande Famine de la pomme de terre ».

Et il a ajouté :

– Après tout, un arbre se reconnaît à ses fruits.

– Bien sûr, ai-je répondu, tout dépend de quel bois est fait l'arbre.

Et il a ri.

Il y a dans tout l'art hollandais un amour pour le réel, une affection pour le vrai. L'intérieur d'une église et sa paix. Une main et son geste. Un paysage et sa profondeur. Un nuage et son mouvement. Des gens qui sont des gens. Des chiens qui sont des chiens. Des fromages qui sont des fromages. Et le ciel, le ciel qui donne à toute chose son échelle et son contexte. Mais cet art garde toujours quelque chose d'intime, l'intimité sans prétention de ce qui a été ressenti.

Il existe pour moi un lien étroit entre la passion irlandaise et la réserve hollandaise, que je ressens ici, dans ce cottage, au bord de la mer, seule avec elle, dans l'éclat lumineux de sa sérénité.

22 janvier, brumeux, pluvieux, ensoleillé

J'ai visité pour la première fois le musée Isabella-Stewart-Gardner avec mes camarades de sixième. Qu'un tel endroit puisse exister m'a stupéfiée et bouleversée. Nous avions été confiés à une femme dans la quarantaine, visiblement harassée, qu'on appelait « maître de conférences ». Cette expression que j'ignorais m'a semblé exotique – maître de confiance, de confidence, de connivence. La pensée que cette femme semblait avoir pour seule raison d'être de m'initier à la peinture me transportait. Et je n'ai pas seulement aimé les tableaux, mais l'idée qu'ils étaient si précieux qu'on avait édifié pour eux une villa si somptueuse.

La dame intervenait dans le cadre d'une initiation accélérée pour jeunes collégiens, et elle nous a baladés d'un bout à l'autre du bâtiment, ne s'arrêtant que devant certaines toiles qui, selon je ne sais quels critères, étaient supposées intéresser les enfants. Mes camarades traînaient les pieds, se bousculaient, chuchotaient en se trémoussant, s'ennuyaient ferme. Moi, j'étais fascinée, captivée, ensorcelée.

– En regardant attentivement une toile, les enfants, suppliait le « maître de conférences » par-dessus nos murmures, on peut apprendre toutes sortes de choses sur les gens. L'un d'entre vous peut-il me dire quelque chose sur les personnages de cette peinture ?

Elle montrait le tableau devant lequel nous étions arrêtés : *Le Concert* de Vermeer. Je n'avais jamais rien vu de semblable. L'art que nous avions à la maison n'était pas très intéressant – dans mon souvenir, ce qu'il y avait de mieux au mur était un calendrier offert par la banque, illustré de douze reproductions de Currier & Ives.

Devant moi s'ouvrait un monde inconnu. Mon regard se perdait dans les caprices de l'ombre et de la lumière sur le tapis de table. Le mur s'embrasait de la réflexion du soleil. J'avais le désir fou d'être dans cette chambre, avec ces trois personnages. Le couvercle du clavecin était relevé. On y apercevait distinctement un paysage peint. Il y avait un autre paysage accroché au mur. Que de possibles ! Je pouvais à peine embrasser tout ce que m'offrait cette toile, toute cette promesse de vie. L'amour du réel. Je me sentais effacée, absorbée par elle.

J'ai été prise d'une brusque impatience parce que l'homme assis sur une chaise au centre du trio, au milieu de la toile, m'empêchait de voir les mains de la claveciniste. Je voulais à tout prix les voir. Il y a eu un vilain bruit derrière moi, des rires étouffés, j'ai entendu murmurer : « Prout, prout. » Notre « maître de conférences » couinait d'une voix désespérée :

– Aucun d'entre vous ?

Elle a croisé mon regard, m'a fait signe. J'ai rougi. Elle a répété son signe de tête. Les autres me fixaient. Moi, je fixais *Le Concert* et je cherchais désespérément mes mots. J'ai commencé en hésitant :

– Ils sont trois dans la peinture accrochée au mur, comme ils sont trois dans la pièce.

Elle m'a encouragée d'un nouveau signe de tête.

– L'homme assis qui nous tourne le dos – je venais de m'apercevoir qu'il n'était pas là en simple spectateur, qu'il faisait partie du concert, qu'il jouait du luth – a les cheveux noirs, et l'homme qui est dans la peinture accrochée au mur a un chapeau noir. C'est comme quand un mot rime avec un autre : la façon dont les différentes choses vont ensemble dans ce tableau, c'est comme une rime, une sorte de rime.

Ma voix s'est perdue sur les derniers mots. Notre « maître de conférences » m'a souri. Les autres ont commencé à rire. J'avais les larmes aux yeux.

Je ne pleurais pas de confusion. Je pleurais parce que le tableau me bouleversait. Je décidais de devenir « maître de conférences » quand je serais grande. On peut raisonnablement considérer cette minute-là comme l'acte de naissance de ma vocation pour l'histoire de l'art.

Je suis retournée si souvent au Gardner que la plupart des gardiens me connaissaient par mon prénom. Pour mes douze ans, Pete m'a offert un superbe album consacré aux maîtres hollandais. J'ai aimé les paysages et les natures mortes, mais ce sont les intérieurs que j'ai étudiés. J'avais l'absolue certitude que ces pièces paisibles abritaient quelque chose qui m'était destiné – une merveilleuse sensation de sérénité, de bien-être, d'achèvement. Je sentais que ces tableaux m'aimaient profondément.

Quelqu'un frappe à la porte. Nora O'Driscoll.

À suivre…

Plus tard, dans l'après-midi

Certains habitants du village appellent cette maison « le cottage sur le rocher ». Elle appartenait à Denis O'Driscoll, mort il y a deux ans à quatre-vingt-neuf ans, le dernier de trois frères célibataires qui ont passé toute leur vie ici – alors que leur sœur et leurs deux autres frères étaient partis après leur mariage.

Depuis la mort du vieux Denis, le cottage est loué de loin en loin à des touristes particulièrement intrépides, tandis que les différents neveux (l'un d'eux est un oncle de Mickey) et nièces essaient d'en tirer le maximum d'argent et se chamaillent sur le calcul de leurs parts. On le mettra en vente quand ils se seront mis d'accord, m'a expliqué Mickey, ce qui peut prendre des années, même avec l'aide de quelqu'un qui aurait des relations au cadastre.

Les cinq petites pièces ont dû être sérieusement nettoyées après la mort de Denis O'Driscoll – j'ai remarqué dans le champ les traces d'un feu récent ; au milieu des cendres, les ressorts de matelas tout rouillés et tordus ont quelque chose de touchant. Le cottage est austère mais d'un confort suffisant. Il y a deux « foyers électriques », c'est-à-dire deux radiateurs, et la cheminée tire assez bien depuis que j'ai appris à faire démarrer un feu de tourbe à l'aide de ces allume-feu chimiques qui dégagent une odeur épouvantable.

Les trois pièces de l'étage ont été peintes en blanc. L'ameublement est spartiate mais le lit neuf, tout comme les draps rugueux et les serviettes de toilette. J'ai bien trouvé de vieux draps aussi doux que du velours, mais tellement reprisés et rapiécés qu'ils ressemblent au corps ravagé du monstre du docteur Frankenstein et sont parfaitement inconfortables. Le sol du rez-de-chaussée est une dalle de béton coulée il y a quelques années sur le plancher en mauvais état, m'a dit Mickey. Une rumeur prétend que les frères O'Driscoll avaient l'habitude d'enfouir des pièces d'or un peu partout dans le cottage et qu'un trésor repose donc sous ce béton.

Rien sur les murs, sinon le plâtre épais – aussi grumeleux qu'un pudding – dont ils sont recouverts. À l'étage, les seules fenêtres sont au niveau des pignons, avec un rebord d'au moins soixante centimètres de profondeur. La pièce du milieu, aveugle, ressemble à une penderie, avec un placard encastré de chaque côté. J'ai accroché mes vêtements dans l'un d'eux. Quand j'ai reçu la valise Samsonite grise, elle a tout naturellement trouvé sa place sur l'étagère du second.

D'après Mickey, l'électricité n'est arrivée qu'assez récemment au village, en 1964. Les frères O'Driscoll tiraient l'eau de leur puits et la versaient dans une citerne au grenier, tout cela à la main, et ils se contentaient de bouteilles de gaz pour avoir de l'eau chaude et faire la cuisine.

L'installation électrique du cottage date de six mois à peine. On ne peut pas dire qu'ils se soient beaucoup foulés. Une seule ampoule nue par pièce, mais je m'y suis habituée, exactement comme j'ai fini par m'habituer aux étranges interrupteurs. Je fais griller mes toasts dans le four à gaz, je lave mon linge à la main dans un baquet et je le fais sécher sur le pare-feu, ce qui lui donne une assez agréable odeur de fumée de tourbe. (Je n'avais pas remarqué jusqu'ici à quel point le sèche-linge donne de la souplesse aux serviettes et aux draps.)

Le hasard a voulu, m'a dit Mickey, que le chauffe-eau électrique ait été installé la veille de mon arrivée par son frère Sean, qui travaille à Skibbereen pour O'Donovan. L'eau est bouillante, mais il n'y en a pas beaucoup, et il est difficile de s'habituer à prévoir deux heures à l'avance qu'on va prendre un bain – il n'y a pas de douche : j'oublie souvent de tourner l'interrupteur qui met en route le chauffe-eau afin de remplir la baignoire. À défaut, je dois me contenter des vingt litres destinés à la vaisselle et aux usages ménagers. Quand j'ai évoqué devant Kieran O'Mahoney la bizarrerie de cette installation, il a hoché la tête en signe d'approbation. « Bizarre, c'est bien vrai, m'a-t-il dit. Moi, combien de fois ça m'arrive de me dire : "Je vais prendre un bain", mais le temps que l'eau chauffe, l'envie m'a passé. »

J'ai appris à me servir d'une bassine pour éviter d'épuiser toute l'eau chaude en lavant la vaisselle sous le robinet. Je me dis souvent : quel pays d'ascètes ! Mais plus souvent encore : quel pays de gaspilleurs que le mien !

On a le sentiment, à d'innombrables détails, que Denis O'Driscoll habite encore le cottage : une pipe de bruyère sur la cheminée, qui a gardé dans son fourneau quelques brins de tabac ; une pile de cartes postales gondolées à sujet religieux (toutes envoyées en 1989 par une certaine sœur Ann de son pèlerinage à Knock, un lieu de culte très visité au nord du pays) ; une vieille canne près de la porte, dont la poignée est toute lisse et usée ; de petites traces de brûlures à l'une des extrémités de la table si bien récurée de la cuisine, laissées sans doute par des braises de pipe ; dans le buffet, deux couteaux si souvent aiguisés que leurs lames sont devenues des courbes effilées.

Dans la pièce que Nora O'Driscoll appelle la cuisine (on y faisait autrefois la cuisine dans la cheminée), il y a un banc de bois typiquement irlandais. C'est un coffre à haut dossier, qui ressemble à un banc d'église, dont le couvercle à charnières se rabat pour découvrir une sorte de lit. J'ai été surprise d'y trouver un matelas étroit, recouvert d'une toile rayée blanc et bleu maculée de taches, où l'on avait sans doute dormi il y a peu encore. Apparemment, les gens se cachaient dans ces coffres. Bien que cela semble évident, Nora a tenu à m'expliquer, d'une voix dramatique, que les Black and Tans ignoraient que ces bancs pouvaient s'ouvrir et que, lorsqu'ils faisaient incursion dans une ferme à la recherche de quelqu'un, si une vieille grand-mère épluchait des pommes de terre dans un coin, installée sur le coffre, ils ne pouvaient penser qu'elle était assise sur un ou deux fugitifs.

Peut-être Denis dormait-il dans ce coffre à la fin de sa vie, n'ayant plus la force de monter l'escalier pentu et préférant la chaleur du feu. Depuis que j'habite ce cottage, je me dis – mais c'est peut-être une idée romanesque – que Denis O'Driscoll devait être quelqu'un de méthodique, et de très bon, avec une vie assez dure et solitaire. Il y a encore, dans la remise où sont entreposés le bois d'allumage et les plaques de tourbe, une vieille bicyclette noire, contre le mur, là où il l'avait posée. Le panier attaché sur le guidon est un objet surprenant, bricolé à l'aide d'un vieux panier de mule, de sacs d'engrais en plastique, de ficelles d'emballage et de filets de pêche.

Je trouve un peu partout les signes d'une minutieuse et dérisoire volonté d'économiser, depuis la collection de petits bouts de ficelle ramassés dans les champs ou le long des haies, suspendue à un clou dans l'un des appentis en ruine, jusqu'au tiroir débordant de bouchons de bouteilles de whisky Power, Paddy et Jameson.

Il y a de l'ingénuité, aussi, dans la façon très réfléchie dont une simple cordelette attachée à un clou sert de loquet à la porte de l'appentis, ou dont les barreaux de la vieille échelle suspendue dans l'une des remises ont été fabriqués à partir de caisses à savon – on y découvre, en regardant bien, l'antique logo de Fairy Soap. Il y a quelque chose de très beau dans l'assemblage à la Mondrian de planches de bois flotté, posé sur le sol comme un dallage, que Denis ou ses frères ont fabriqué devant la porte de la cuisine pour contenir les mauvaises herbes. Pete aimerait cet endroit. Je n'arrête pas de penser à lui, et j'ai par moments l'étrange impression d'être ici à sa place et qu'il peut voir avec mes yeux.

La peinture de genre hollandaise est un éloge des vertus domestiques telles qu'elles s'incarnent ici. Mais la sauvagerie est partout en Irlande, dans les rochers, les falaises, les sentiers, et c'est peut-être contre cette sauvagerie que les frères O'Driscoll tentaient de se défendre avec leurs aménagements méthodiques. La monotonie des polders hollandais, tous ces champs de tulipes s'avançant vers l'horizon, alignés comme des soldats à la parade, cet ordre, cette symétrie, toutes ces lignes droites influencent sûrement la façon de voir des Hollandais, leur façon de peindre.

J'aurais bien aimé connaître les frères O'Driscoll – les « jeunes gens », comme ceux du village continuent de les appeler, bien qu'ils aient vécu tous les trois au-delà de soixante-dix ans et qu'on leur prête de longues barbes blanches. Kieran O'Mahoney m'a dit qu'il en avait entendu parler dès sa petite enfance, mais qu'il les voyait rarement. Ils faisaient tout à l'ancienne mode, m'a-t-il expliqué avec une sorte de respect, fuyant les commodités modernes, vêtus chaque jour de leur vie de la veste traditionnelle, avec cravate et casquette. Je crois qu'ils étaient mes cousins issus de germain. Très proche parenté, si on y réfléchit.

Les « jeunes gens » ne parcouraient jamais les trois kilomètres que je parcours presque tous les jours pour aller au village. Pas une seule fois en trente ans. Seul Denis s'aventurait de temps en temps au-delà de leurs terres pour faire quelques provisions dans une crémerie aujourd'hui disparue. Ils étaient « sauvages ». Ou, plus exactement, ils vivaient en ermites, mais personne ne se serait arrogé le droit de les juger à cause de leur excentricité. Ils n'étaient pas simplement tolérés, ils étaient respectés. Les personnages de ce genre (et il y en a apparemment quelques-uns encore dans la région) sont en voie de disparition et il n'y en aura pas d'autres.

Un cottage comme celui-ci, perché au bord d'une baie d'une beauté à couper le souffle, appartiendra un jour prochain à un riche Américain, un Allemand ou, au mieux, à un nouveau riche dublinois. Après avoir dépensé pour mes études l'héritage de mes grands-parents Kelly, je n'aurais jamais imaginé avoir un jour un solide compte en banque. L'argent me permet d'être libre, mais je hais ce qu'il représente et j'en dépense si peu qu'il fructifie. J'en donne beaucoup, anonymement, à des associations qui s'occupent des enfants. Je passe une heure, quatre fois par an, avec un conseiller financier pour décider de ce que je fais du reste. Peut-être qu'un jour je me servirai de ce pécule du sang pour acheter un cottage comme celui-ci. Ai-je vraiment envie de finir mes jours dans un endroit pareil ? Peut-être, oui.

Voici qu'apparaît sous la haie de fuchsias à côté de la porte un matou roux et efflanqué à l'énorme tête de chou, qui me regarde fixement. Il s'appelle Tiggy, m'a dit la femme du fermier plus haut sur la route, Nora O'Driscoll, qui a les clefs du cottage. Elle est ma principale source d'information, je lui achète le lait, les œufs, les pommes de terre, et, à chacune de nos rencontres, nous avons l'habitude d'échanger quelques mots. Sans que je ne lui demande rien, Nora m'a beaucoup appris de l'histoire locale. J'imagine qu'elle préfère me parler plutôt que parler toute seule.

Nora ressemble à une imposante pyramide. Elle cache une solide musculature sous plusieurs couches crasseuses de vêtements de ferme. Elle travaille comme un homme. Je n'ai pas l'impression que son mari et ses fils l'aident beaucoup à s'occuper des vaches. Ils sont toujours affairés dans un champ éloigné, sauf lorsqu'ils répandent un engrais à l'odeur pestilentielle sur ceux voisins de chez moi, ce qu'ils semblent ne faire que là et seulement quand le vent souffle dans ma direction.

Je n'ai aperçu Pat, le mari de Nora, qu'une seule fois, de loin, sur un tracteur. C'est un paysan austère qui travaille dur, mais, d'après Willy, le facteur, sans grand plaisir. Quant aux fils, de solides garçons de ferme entre seize et vingt-deux ans, aux visages rouges sous la visière de leur casquette, je suis incapable de les distinguer. Ils s'appellent Liam, Vincent, Joseph et Connie.

Au nom de je ne sais quelle obscure raison de clarté, ou de fierté, Nora a tenu à me préciser dès notre première rencontre qu'elle n'avait aucun lien de parenté avec Denis, et s'est lancée dans l'explication détaillée et somme toute absurde de qui est qui dans le village, entre les O'Driscoll de « la classe supérieure », les O'Driscoll de « la classe moyenne » et les O'Driscoll de « la classe inférieure ». Alors qu'en fin de compte ils sont tous parents, évidemment. Nora elle-même est certainement l'une de mes cousines. Le matin de mon arrivée, en me faisant entrer dans le cottage, elle a identifié la créature à tête de chou comme étant le chat de Denis.

– Va-t'en, Tiggy ! Descends de ce mur ! a-t-elle crié par la fenêtre qui surmonte l'évier.

Elle m'apprenait à allumer le vieux fourneau à gaz, qu'elle appelle « le cuiseur », au moment où le chat s'est aplati sur la crête du mur comme s'il allait bondir à travers la porte de la cuisine. Tiggy est devenu fou, il rôde autour du cottage depuis deux ans, pauvre petite bête fidèle, au lieu de chercher une nouvelle maison.

Denis est mort très subitement, m'a appris aujourd'hui Annie Dunne, qui cherchait visiblement à m'effrayer.

– Vous êtes là-haut chez Denis, m'a-t-elle dit il y a tout juste deux heures. Savez-vous qu'on l'a découvert flottant au gré de la marée ? a-t-elle ajouté en regardant vaguement en direction de la baie. On prétend qu'il s'est noyé volontairement, mais, officiellement, c'est un accident. Peut-être une attaque cardiaque, peut-être une chute, une noyade en tout cas. Ce qui est sûr, c'est qu'il était encore vivant quand il est entré dans l'eau. C'est se noyer qui l'a bel et bien tué.

Avant de me sortir cette perfidie, Annie a attendu que son autre cliente, une vieille femme du village vêtue d'un manteau noir râpé, qui hochait sans cesse la tête dans ma direction et soupirait « Saleté de temps ! » en guise de salut, ait réglé sa note et quitté la boutique. Pour ne pas donner à Annie la satisfaction de me voir réagir, j'ai gardé le silence, en me disant que j'avais eu raison de la soupçonner de malveillance. C'était certainement la dernière fois que j'allais chez elle. Est-ce vraiment si difficile de préparer ses propres scones ? Il faut que je demande sa recette à Nora.

Annie avait fait mon compte, j'avais payé et j'étais déjà sur le pas de la porte, perturbée par ce qu'elle venait de m'apprendre (Mickey ne m'en avait rien dit) quand elle a ajouté dans un murmure :

– On dit qu'on l'a jeté du haut de la falaise. Ou qu'il a été poussé.

– Mais pourquoi donc voudrait-on assassiner ainsi un vieil homme ?

Je n'avais pas envie de discuter plus longtemps avec elle, mais j'étais stupéfaite et irritée en même temps, sur la défensive. Un peu déçue aussi de constater que Mickey me cachait des choses. Ce n'était pas la première fois. Je suis restée sur le seuil, la porte ouverte, attendant qu'Annie me réponde, sachant que le courant d'air froid l'embêterait. Tout le monde ici a une peur obsessionnelle des courants d'air.

– C'est qu'il appartenait à l'IRA d'origine, a-t-elle sifflé entre ses dents.

Elle avait de très longs poils au menton, qui luisaient de temps en temps à la lumière.

– On dit qu'il savait, à propos du guet-apens. Qu'il était impliqué, même.

J'ai haussé les épaules comme si cela ne voulait rien dire pour moi, et je suis partie dans le vent, le cœur battant, tentant de cacher ma panique. Ce qu'on appelle « le guet-apens » dans le West Cork, c'est ce qui s'est passé à Béal na mBláth, à quelques miles d'ici, le jour où Michael Collins a été abattu par les siens pour traîtrise, en 1922, parce qu'il avait signé le traité de 1921, qui laissait les six comtés du Nord sous domination anglaise.

Annie Dunne est-elle folle ? Le traité provoquait-il encore, tant d'années après, des règlements de compte qui pouvaient mener à la mort un vieux membre de l'IRA d'origine ? Je ne saurai jamais, sans doute, si Denis O'Driscoll était ou non impliqué dans le meurtre de Michael Collins – c'est possible, mais il aurait été bien jeune à l'époque – ou même s'il faisait vraiment partie de l'IRA, ce qui ne m'étonnerait pas. J'aimerais pouvoir en parler à Pete. Il aurait ses bons réflexes d'enquêteur et le cas l'intéresserait. Mickey sait sûrement, mais si je l'interroge il ne me répondra pas – ça, je le sais. La seule vérité dont je sois certaine, c'est que les habitants de Ballyroe peuvent se dire ce genre de choses par un matin de semaine en janvier.

Tiggy survit grâce à ce qu'il trouve dans les fermes le long de la route (la vieille Mary Carew, qui habite au bout du chemin, est à mon avis sa principale bienfaitrice). Grâce également à ce qu'il chasse : rats, souris, lapereaux – il y a beaucoup de lapins. Le premier matin, voilà presque trois semaines, je suis sortie de la cuisine pour lui parler. Il a filé comme une flèche sous une haie.

Nora, qui m'avait mise au courant de tout, était pressée de rentrer chez elle avant que son mari et ses fils ne reviennent des champs – c'était l'heure de préparer le dîner – et elle m'a demandé de retourner dans la maison pour l'accompagner à la porte d'entrée, parce qu'elle refusait de sortir par la porte de la cuisine. Elle semblait choquée que je puisse ignorer que sortir d'une maison par une autre porte que celle par laquelle on y est entré porte malheur. Le matin même, elle avait été choquée de me voir ramasser des branches de saule pour allumer mon feu.

– Ça porte malheur de brûler du saule pour se chauffer, m'avait-elle dit, exaspérée. On devrait savoir ça en Amérique.

D'après Willy Hayes, le facteur qui m'apporte de temps en temps une lettre de Pete, la plupart des neveux de Denis avaient l'habitude de lui emprunter de l'argent. Ces prêts à ses neveux impécunieux – j'espère que Mickey ne fait pas partie de la bande – expliquent pourquoi il a vendu la plus grande partie de ses terres au cours des dernières années de sa vie, afin de compléter sa pension et d'avoir de quoi vivre. Le cottage s'élève aujourd'hui sur un malheureux losange de terre, à peine un demi-hectare envahi par les mauvaises herbes, surtout des orties (il paraît qu'on peut en faire de la soupe, mais je n'ai pas les gants de caoutchouc qu'il faut pour les cueillir). Les champs cultivés et bien tenus alentour appartiennent aux fermiers voisins, qui les ont achetés à Denis un par un.

Willy est jeune, intelligent, et on a toujours l'impression qu'il a tout le temps devant lui pour se lancer dans une conversation, s'abritant de la pluie dans l'embrasure de la porte et laissant tourner le moteur de son petit fourgon postal vert. Peut-être me fait-il un brin de cour, je n'en sais rien. Quand je lui ai demandé l'autre jour comment il parvenait à distribuer le courrier dans un village qui n'a aucun nom de rue et qui n'est habité pratiquement que par des O'Mahoney, des Hayes et des O'Driscoll, il est parti d'un grand éclat de rire, le trille haut perché des natifs du comté de Cork, comme si je venais de dire quelque chose d'exceptionnellement drôle – j'aimerais vraiment savoir comment il s'y prend.

Hier, il m'a dit, en me tendant une lettre de Pete :

– Voilà un petit souvenir de votre vraie vie.

J'ai répondu d'instinct :

– Non, ma vraie vie est *ici*. C'est ma vraie vie, maintenant.

Willy avait aussi un paquet séparé de courriers que Pete me faisait suivre, surtout des factures. J'ai du mal à croire que tout continue à fonctionner là-bas comme d'habitude, le téléphone, l'électricité et le reste. Comme si mon ancienne vie se vivait sans moi.

Contrairement à ce que je craignais, mon travail ne me manque pas. J'aime ce que je fais et je le fais très bien. Quand on est bibliothécaire chargée de recherches, on ne sait jamais d'une semaine à l'autre dans quel siècle on va être plongé. Pour l'essentiel, je travaille avec des universitaires. Pendant les journées fiévreuses où nous mettions au point notre plan, Mickey et moi, j'étais occupée, à la bibliothèque, à analyser les vêtements portés par les personnages de Fragonard, à aider un professeur qui emmenait à Venise un groupe d'étudiants à réunir les éléments nécessaires à sa conférence sur Bellini, et à trouver le matériel dont une architecte avait besoin pour reconstituer une chambre créée à l'intention de madame de Pompadour. Notre bibliothécaire en chef, le docteur Calabresi, qui m'a engagée, dit que je suis idéalement faite pour ce travail car je sais « quelque chose sur tout et tout sur quelque chose ».

Willy est passé dans l'après-midi. Je n'ai pas voulu lui poser de questions trop précises, mais ma conversation avec Annie Dunne m'avait vraiment irritée et je lui ai demandé si Dunne était un nom du pays.

– Un nom d'Enniskeane, m'a-t-il répondu en secouant vigoureusement la tête, pour bien me faire comprendre qu'elle n'avait pas la moindre relation avec les gens du village (Enniskeane est à une vingtaine de kilomètres d'ici).

Il a ajouté, avec un petit rire de conspirateur :

– Vous avez avalé la potion d'Annie Dunne ? Une dose de grossièreté et une de gnangnanterie ? Alors vous êtes blindée. C'est ce qu'on dit ici. Vous êtes blindée, c'est bon. N'accordez à Annie Dunne aucune attention. C'est une idiote, cette femme-là, une vraie.

Je me suis sentie seule ici, la première semaine, sans grand-chose à faire. Pete me manquait. Toute cette « irlandité », toute cette Irlande ! Pete est au courant de mon séjour ici, mais sans doute n'y voit-il qu'un romantique intermède avec Mickey, accompagné peut-être d'une certaine curiosité vis-à-vis de mes racines. Je suis malheureuse de ne pas pouvoir discuter du plan avec lui. J'ai tellement de mal à lui mentir que je lui ai juste donné quelques très vagues informations sur l'endroit où je suis et ce que j'y fais. Cette situation est tellement inhabituelle entre nous qu'il doit penser que je lui en veux de quelque chose, ce qui me désole, mais je ne vois pas d'autre façon de procéder.

J'ai fait suivre mon courrier chez lui pour que tout soit en ordre, et il m'écrit régulièrement, mais nous faisons preuve, l'un et l'autre, d'une politesse assez distante. Je pense qu'il veut préserver mon intimité avec Mickey, et je sais qu'après ces trois dernières années il est heureux pour moi. La mort de Katie a été pour lui une terrible épreuve. Il n'en parle jamais. Oh ! Nous, les Dolan, nous savons être tristes.

Pendant cette première semaine, j'ai donc cherché à m'installer du mieux que j'ai pu, écrit à Pete minutieusement, essayé de trouver ma place, de me trouver un peu moi-même. J'ai passé des heures assise dans le cottage à lire les livres que j'avais apportés : les nouvelles de William Trevor, qui semblent avoir pour cadre ce village même ; *Une tête coupée,* le roman d'Iris Murdoch que je préfère ; et des essais de Walter Benjamin, où toutes mes pensées semblent se refléter.

Dans *L'Œuvre d'art à l'époque de sa reproductibilité technique,* Benjamin écrit : « À la reproduction même la plus perfectionnée d'une œuvre d'art, un facteur fait toujours défaut : son *hic et nunc,* son existence unique au lieu où elle se trouve. Sur cette existence unique, exclusivement, s'exerçait son histoire. »

24 janvier, temps couvert, crachin, brouillard

Seule dans ce cottage, à attendre, j'ai l'impression de revenir à moi, de me réveiller un peu plus chaque jour. Mon esprit est d'une clarté presque hallucinatoire. Peut-être est-ce dû au paysage. Peut-être au fait que mes pensées sont toutes dirigées vers Mickey, vers nous deux, vers la vie qui nous attend quand tout sera fini, bien que nous n'ayons jamais parlé d'aucun futur. Je me suis engagée avec une foi aveugle.

Je n'ai jamais été aussi seule avec moi-même qu'entre le 6 janvier, fête de l'Épiphanie, jour où j'ai débarqué ici, et le 16, jour où le tableau est arrivé. J'ai une perception incroyable des bruits, ici. À New York, je les filtre en permanence. Ici, le vent qui souffle dans la cheminée produit par moments un ronflement continu. D'autres fois, tout est si tranquille que, en marchant le long des haies, je peux entendre brouter les vaches de Nora.

Je ne suis pas d'humeur à écrire tous les jours dans ce cahier. Et je sais qu'il faut que je le cache. Je n'ai reçu aucune instruction à ce sujet, mais quelque chose me dit qu'un compte rendu écrit est complètement hors de question. De toute façon, cela aurait été stupide de demander la permission de tenir mon journal. Depuis que je suis toute petite, Pete m'a encouragée à prendre mes décisions moi-même. Je n'ai jamais eu à lui demander l'autorisation de nager seule dans le Maine, ou de grimper sur le toit du garage, au lieu de cela, il m'a toujours poussée à envisager le problème selon son point de vue à lui. Et à m'abstenir de faire ce à quoi je savais qu'il aurait dit non.

Pendant cette première semaine solitaire et indécise, j'ai découvert sous l'escalier une cachette de Denis. Je ne sais pas pourquoi je suis allé fouiller dans ce coin plein d'araignées et de saletés. Ma manche s'est accrochée à un clou qui dépassait, une planche a tourné brusquement sur un vieux gond rouillé, dévoilant un placard étroit et peu profond plein de toiles d'araignées noirâtres. Il y avait là une énorme et vieille clef dont la serrure avait disparu depuis longtemps, et un pot à tabac rouillé contenant une cinquantaine de billets d'une livre tombant en poussière. J'ai laissé le pot où je l'avais trouvé.

Je ne pense pas que les billets d'une livre soient encore en circulation. Seulement les grosses pièces, avec un cerf d'un côté et une harpe de l'autre. Le pot était donc là depuis longtemps. Peut-être que Denis n'en savait rien. Peut-être n'était-ce pas du tout une planque de Denis, mais de l'un de ses frères. Peut-être même était-ce d'avant eux.

Je suis contente, de toute façon, que personne n'ait découvert ces derniers temps ce renfoncement sous l'escalier. Pour camoufler ce qui est désormais la cachette de mon journal, j'ai entassé devant des plaques de tourbe et du petit bois. Ainsi, au cas où je serais surveillée, mes allées et venues dans ce coin du cottage paraîtront normales.

Je m'aperçois en relisant ces pages que je m'égare dangereusement. Il ne s'agit plus d'histoire de l'art mais d'autobiographie. De quoi précisément prétends-je rendre compte ? De ce que m'enseigne la *Jeune femme au luth*. Sam, mon ex-mari, m'a toujours accusée d'être incapable de m'en tenir à un sujet. Il n'avait pas tort.

– Donne-nous juste les détails, demandait-il en levant les yeux avec impatience, une expression adorable qu'il avait empruntée à Katie, notre fille de cinq ans, pour qui elle signifiait évidemment le contraire.

Je savais que j'y viendrais tôt ou tard. La vie n'est pas juste. Si la vie était juste, Katie serait vivante et nous serions encore ensemble, Sam et moi. On dit que très peu de mariages survivent à la mort d'un enfant. C'est vrai. J'ajoute que très peu d'individus y survivent. Jusqu'à aujourd'hui, je pensais que je n'y avais pas survécu.

Un car de ramassage scolaire. La pluie. Un chauffeur qui regarde mais qui ne voit pas.

Très minime consolation : une nouvelle loi dans le Code du Connecticut, la loi Katie, obligeant les cars de ramassage scolaire à être équipés de dispositifs de sécurité à l'avant pour prévenir ce genre d'accident. Quand le car est arrêté pour la montée ou la descente des enfants, non seulement le signal STOP apparaît sur le côté pour arrêter la circulation, mais une barrière jaune sort à l'avant pour que personne ne puisse traverser la route trop près du pare-brise, hors du champ de vision du chauffeur.

Décrire cette barrière de sécurité provoque en moi une affreuse douleur. Chaque fois que j'en ai vu une fonctionner, j'ai vu le schéma animé de ce qui s'est passé cet après-midi-là, lors de la troisième semaine de maternelle. Le car s'arrête, les clignotants s'allument. La barrière bouge lentement comme un chien d'arrêt. « Elle marchait exactement là » dit cette barrière, s'immobilisant un long moment pour indiquer l'endroit de l'impact fatal avant de se replier brutalement contre l'avant du car, comme l'aile d'un insecte.

Je ne vis plus dans le Connecticut. Je ne voulais pas qu'on donne à cette loi le nom de Katie, mais Sam m'a convaincue d'accepter. Je ne conduis plus, bien que ma conduite n'ait aucun rapport avec ce qui s'est passé. J'étais une bonne conductrice mais, depuis l'accident, j'ai perdu toute confiance en moi. J'ai peur de heurter quelque chose ou quelqu'un sans même m'en apercevoir, et j'ai laissé mon permis de conduire expirer l'an dernier.

Donc, ici, je n'ai pas de voiture, ce qui n'est pas très commode, mais je me suis débrouillée jusqu'à présent. Le pire a été le trajet en bus de l'aéroport de Cork à Clonakilty, le trajet en bus de Clonakilty à Ballyroe, et surtout le trajet à pied jusqu'au cottage en traînant mon sac. Sans que je ne lui aie rien demandé, un fermier m'a proposé de monter à l'arrière de son tracteur pour le dernier kilomètre. Billy Houlihan. Sa mère est une Hayes, m'a dit Willy. Billy est un cousin, bien sûr. Quand il me croise sur un chemin, il me fait un petit salut enjoué avec deux doigts. Je me sens une sorte de complicité avec lui – le premier habitant de Ballyroe que j'ai rencontré.

– Alors, comme ça, on est toute seule ? m'a-t-il demandé cet après-midi-là en me dévisageant, dans l'éclat humide du soleil et le vent.

Le pays regorge de célibataires. Billy doit avoir dans les trente ans, ou bien dans les cinquante.

– Divorcée, ai-je répondu, alors qu'il me demandait simplement – maintenant que j'y pense – si j'étais seule au sens littéral.

Je ne sais toujours pas si mon « divorcée » l'a rebuté (c'est une pécheresse) ou allumé (elle a de l'expérience).

– Ah bon, a dit Billy en rougissant.

La plupart des gens que j'ai rencontrés après la mort de Katie – j'ai toujours connu beaucoup de monde sans avoir d'amis intimes – savent que j'avais un mari, mais ignorent que j'avais un enfant et que je l'ai perdu. C'est un sujet qui vient rarement dans la conversation. Qui vient rarement dans mes pensées. Non, là, je mens. J'ai appris à faire la sourde oreille, car il est constamment dans mes pensées. Comme un acouphène. J'ai été dans une telle souffrance pendant ces trois dernières années que j'ai appris à ne plus rien sentir. Je le croyais du moins jusqu'à aujourd'hui.

C'était impossible de rester dans cette maison, dans cet État, dans cette vie. Sam n'y était pour rien. La mort de Katie a tué quelque chose entre nous – peut-être notre mariage n'avait-il rien d'exceptionnel, mais nous avons agréablement vécu ensemble pendant neuf ans. La mort de Katie a certainement tué quelque chose en moi. À New York, il n'y a pas de loi Katie ; à Manhattan, les cars scolaires ne sont pas équipés de barrières de sécurité, ce schéma animé de la mort d'un enfant. De toute façon, je préfère ne pas regarder les cars scolaires, où que je sois, dans quelque circonstance que ce soit.

Il y a autre chose que je ne supporte plus de regarder : le tableau de Metsu, *L'Enfant malade*. Tant que je n'ai pas eu d'enfant, le sujet n'avait aucune résonance en moi – je pouvais étudier la façon dont il était peint, dont la lumière tombait sur la peau blafarde de l'enfant malade, sans rien éprouver de particulier. Et puis, à trois ans, Katie a été atteinte d'un terrible virus. Sa fièvre est montée jusqu'à plus de quarante une nuit particulièrement atroce, que j'ai passée à lui donner des bains froids en redoutant les convulsions, et toute cette nuit, ce tableau m'a hantée, parce qu'il exprimait avec une si grande vérité ce que c'est que de tenir un enfant fiévreux dans ses bras. Depuis la mort de Katie, il me semble que le sujet de ce tableau est la mort ; il m'est évident désormais, inévitable, que l'enfant va mourir. Comment avais-je pu ne pas le voir ?

Il y a eu tout cet argent. L'argent de l'assurance. Qui assurait quoi ? Que le cœur brisé s'en ira riche. La ville de New Haven ne pouvait m'apporter aucune compensation. Elle ne pouvait pas « couvrir » cette « responsabilité » avec des dollars. Je n'ai pas été « protégée de ma perte » par cet argent, ni persuadée qu'envoyer ma fille au jardin d'enfants était « une prise de risque raisonnable ». Je voulais que Sam garde tout, mais il a insisté pour que nous partagions, et c'est finalement ce que nous avons fait. J'ai cru que cet argent allait modifier mon attitude par rapport à mon travail. J'ai eu peur un moment de partir à la dérive si je n'étais plus obligée de gagner ma vie. Mais je me suis aperçue que je fais ce que j'ai envie de faire. Je travaille dur, mais je n'ai plus à m'inquiéter de ce qui ne rentre pas si je prends un congé sans solde à la Frick Collection, ni à me faire du souci pour mon loyer quand je suis loin. Je n'aurai plus jamais à me préoccuper de mes notes de téléphone, du prix d'un billet d'avion ou d'une belle paire de chaussures.

Il y a eu un temps – pas si éloigné, quand j'y songe, mais c'est comme une autre vie – où je pensais qu'il me faudrait entrer sur le marché de l'art pour payer l'éducation de Katie. Quand elle était bébé, j'ai même déjeuné deux ou trois fois à New York avec des marchands d'art ancien qui me proposaient de travailler avec eux. J'avoue que c'est une chance de pouvoir faire le métier qui m'importe sans m'inquiéter de mes maigres revenus.

À Yale, j'étais numéro deux à la bibliothèque d'histoire de l'art, ce qui m'a aidée à trouver mon emploi à la Frick Collection. La Frick est très souple sur mes horaires, puisqu'elle n'a pas à me payer quand je ne suis pas là.

Comme j'avais très peu d'amis, quitter New York et larguer mes amarres a été d'une déconcertante facilité. J'ai laissé un message sur mon répondeur disant que j'étais en voyage, ce qui ne surprendra pas les rares personnes qui pourraient s'inquiéter de moi. J'ai dit à mes collègues de la Frick que j'avais un problème de famille à régler de toute urgence et que je ne savais pas quand je reviendrais. Personne n'a été assez intéressé pour m'en demander davantage, et je n'ai même pas eu besoin du mensonge que j'avais préparé en m'inventant un parent malade à Londres. S'il n'y avait pas Pete et certains aspects de mon travail, je n'aurais pas grande raison de rentrer.

Sam s'est arrangé mieux que moi avec sa propre vie. Il a toujours son cabinet d'architecte à New Haven. D'après ce que m'a dit un ami commun du British Art Center de Yale, ses affaires vont bien. Il entretient une relation sérieuse avec une femme divorcée qui a un petit garçon. Je suis contente pour Sam qu'il ait pu persister dans notre genre de vie, alors que j'en ai été incapable. C'était une vie agréable. Sam est formidable avec les enfants et j'aimerais être heureuse pour lui, mais ça me serre le cœur. Réellement.

Nous l'avons appelée Katie parce qu'une nuit, alors que j'étais enceinte de six mois, Sam m'a réveillée pour me dire qu'il avait rêvé de notre bébé, que c'était une fille, et que j'insistais pour qu'elle s'appelle Katie Catharsis (Sam était en sixième année de psychanalyse ; je me demande s'il a fini sa cure aujourd'hui). Ça semblait loufoque, mais on l'a fait.

En modifiant le second prénom, bien sûr – Ellen, à cause d'une tante de Sam. Katharine Ellen Hodgson. C'était un merveilleux bébé. Parfois j'entendais Sam chanter pour elle dans la nuit – quand elle faisait ses dents ou qu'elle avait mal au ventre – et que c'était son tour de se lever : « Katie Catharsis dans le bleu de la mer / Katie Catharsis nage libre et fière… »

Non. Je ne peux pas. Toujours pas. J'arrête.

Plus tard. La pluie tombe avec fracas. Selon le grand prophète météo Kieran O'Mahoney, l'abondance de crachin et de brouillard signifie qu'il ne pleuvra pas.

J'ai passé les dernières heures à la regarder, dans la petite pièce du milieu, sans fenêtre, où elle doit demeurer cachée aux yeux du monde. Je la retrouve dans la chambre où elle se tient, une chambre simple et paisible, avec la riche lumière de l'après-midi qui tombe à travers la fenêtre sur le grain du bois de la table, la surface vernissée de l'étincelant pichet blanc, la peau de velours des pêches sur le rebord de la fenêtre. Le soleil a tiédi le doux dallage noir et blanc. Le luth est posé sur ses genoux, sous ses doigts. Son regard a sur moi un effet calmant, hypnotisant. Je me sens en sécurité avec elle. Elle touche quelque chose en moi. Son sourire qui n'est pas tout à fait un sourire. La sagesse, l'intelligence – somptueux cadeaux à travers les siècles. Rien n'est plus réel, ni la vue de ma fenêtre sur les petites îles déchiquetées qui se détachent de cette côte féroce, ni mes propres mains tenant le stylo qui court sur la page. Sa présence m'éblouit. Comment Vermeer a-t-il pu l'inventer ?

Elle a dû exister. Je suis certaine qu'une femme réelle, douée de cette sensibilité, a existé il y a trois cent trente ans. Et elle continue d'exister aujourd'hui, rendue immortelle par le plus grand peintre de tous les temps. Ce que je n'arrive pas à accepter tout à fait, à cause de ma formation d'historienne de l'art (au Smith College, puis à Mount Holyoke – ma thèse portait sur le rapport du cubisme avec les natures mortes de trois peintres hollandais du XVIIe siècle), c'est mon refus d'admettre que c'est avec une image peinte que j'éprouve une si parfaite communion. Je m'aveugle moi-même avec la sensation que cette peinture est la représentation de quelque chose de réel. Alors qu'intellectuellement je sais que c'est une pure illusion, que je suis en présence du génie de Vermeer, je suis en même temps convaincue que cette femme a existé et qu'elle existe encore, amenée à la vie et gardée vivante sur un panneau de bois peint.

Qui est, aussi incroyable que ce soit, dans cette pièce avec moi, seule dans ce cottage au bord de Gortbreac Cove, à Ballyroe, dans le comté de Cork, dans la république d'Irlande, à la pointe occidentale de l'Europe, sur la Terre, dans l'univers, et ainsi de suite, comme l'aurait dit Stephen Dedalus : « Qu'y avait-il après l'univers ? Rien. »

25 janvier, clair, ensoleillé

Je me demande ce que je penserais de moi-même. Je veux dire, si j'entendais parler d'une femme qui fait ce que je suis en train de faire, je me demande l'opinion que j'en aurais.

Je penserais que, vue de l'extérieur, cette femme à tout le moins joue avec le feu.

C'est ce que l'obsession fait de quelqu'un. Je suis prise dans un tourbillon de folie. Perdue dans un brouillard de désir. Digne fruit de la lignée Dolan dans ma haine pour les Anglais en Irlande et ma certitude de participer à une action qui nous aidera à avancer vers une solution. La plupart des gens estimeront que j'ai perdu la tête. C'est exact. Mais quel soulagement ! Je regarde les trois années d'hibernation que je viens de vivre comme des années de plomb. J'ai devant moi un avenir inconnu, mais d'un éclat et d'une chaleur solaires. Qu'on me pardonne donc d'ignorer le danger.

Aujourd'hui je ne touche plus terre, enivrée, effleurant à peine la cime des arbres, volant de plus en plus haut. De plus en plus haut.

27 janvier, sombre, vent violent, âpre, à cet instant même effrayant

Gros temps, avec de courtes éclaircies comme on dit à la BBC. Le ciel toujours mouvant m'émeut toujours. Le temps toujours changeant multiplie les arcs-en-ciel. En Amérique, l'arc-en-ciel est kitsch par nature. Mais en Irlande, il n'a rien de ces courbes anémiques et décolorées : c'est un somptueux spectacle mis en scène par Dieu ou par l'office du tourisme irlandais, majestueusement déployé sur cent quatre-vingts degrés. D'ici, il semble que l'or d'où il naît soit posé sur le Red Strand, juste après Galley Head.

Le premier arc-en-ciel que j'ai vu, en me réveillant le matin suivant mon arrivée au cottage, j'ai voulu par réflexe en prendre une photo et j'ai regretté de ne pas avoir emporté d'appareil. Pourquoi ? L'impératif américain primaire de saisir et fixer tout événement étranger pour le rapporter à la maison, le posséder et s'en repaître ? Ici, dans ce cottage au confort élémentaire, je n'aime pas ce réflexe. Je le bannis.

Désormais, quand la lumière change devant mes yeux comme au théâtre ou que je découvre un paysage extraordinaire, j'admire ou bien je tourne le dos, selon mon humeur, sans plus éprouver le besoin de m'approprier l'instant sur une pellicule. Depuis que je vis ici, j'en ai perdu l'envie. Je voyage léger. Une photographie peut être porteuse d'une fausse authenticité, être un point d'arrêt dans l'expérience et le savoir. C'est l'impression que j'ai eue devant mon premier arc-en-ciel irlandais.

Qu'aurait fait Vermeer de la photographie ? Utilisait-il ou non une *camera obscura* ? On en débat depuis des siècles. Personnellement, je crois qu'il était assez génial pour reconnaître « l'objectivité » de la *camera obscura* et se l'approprier. Ce qui ne veut pas dire, comme certains l'ont suggéré, qu'il en projetait littéralement les images pour les reproduire dans ses tableaux.

Vermeer était un novateur, il n'avait pas besoin de la *camera obscura*. Parce qu'il avait pu observer les images qu'elle fabrique, il a vu les choses autrement, ce qui l'a conduit à peindre autrement. Pourquoi ne peut-on pas comprendre cela ? Je ne supporte pas la façon qu'ont les historiens de l'art d'asséner leurs conclusions, leurs certitudes suffisantes qui ne se fondent que sur l'information, et pas sur le sentiment artistique. Comme De Kooning, le maître hollandais du XXe siècle, Vermeer était un « agile visionnaire ».

Je me demande si Vermeer aurait jamais pu anticiper un temps où les images photographiques seraient considérées comme des œuvres d'art. Peut-être aurait-il été emballé par les possibilités techniques ? Je me plais à imaginer qu'ayant reconnu les nouvelles façons de voir créées par l'appareil photographique, il en aurait tiré une inspiration supplémentaire pour peindre ses tableaux.

Walter Benjamin écrivait : « La technique de reproduction – telle pourrait être la formule générale – détache la chose reproduite du domaine de la tradition. » Il appelait l'aura de l'objet original « l'apparition unique d'un lointain, si proche soit-il ». Il précisait : « La masse revendique que le monde lui soit rendu plus accessible avec autant de passion qu'elle prétend à déprécier l'unicité de tout phénomène en accueillant sa reproduction multiple. »

Je regarde le tableau et il me coupe le souffle. C'est elle qui me fait cet effet. Ce matin, je me suis obligée à affronter son regard, à le soutenir, et puis j'ai commencé à pleurer, submergée par la sensation que je n'étais pas celle qui voit, mais celle qui est vue. *C'est donc là ce qu'il faut savoir.*

Je me demande ce que penserait Vermeer de la façon dont nous prisons l'authenticité des photographies – tout comme les écrits autobiographiques sont aujourd'hui plus populaires que les ouvrages de fiction, parce qu'ils prétendent raconter une expérience vécue. Mais qu'est-ce que la vérité « réelle » des choses ? La réalité de la femme peinte par Vermeer tient à sa grâce, sa force, sa noblesse, sa beauté, toutes qualités humaines, bien sûr, mais que Vermeer a reportées également sur la pièce où elle se tient, les objets qui l'entourent, la lumière elle-même. C'est un amour du réel exprimé sur un mince panneau de chêne, par le moyen de la peinture, voilà près de trois siècles et demi.

Qu'est-ce que la peinture, sinon l'art d'exprimer le visible au moyen de l'invisible ? C'est une composition. Un pur produit de l'esprit humain. Un esprit a médité pour le concevoir, et les esprits de ceux qui regardent doivent méditer pour le comprendre.

Je me suis installée dans une sorte de routine, et les rares heures de soleil émiettent les jours en de brefs intervalles entre de longues nuits noires. J'ai fait une promenade par un petit chemin creux qui ne mène nulle part, dessine une boucle au-dessus du village et longe de pauvres petites fermes. Mary Carew, Écossaise de naissance qui a vécu presque toute sa vie ici, occupe un minuscule cottage peint en rose au bout du chemin. De tous les habitants du village, c'est elle que je préfère, nous parlons de choses et d'autres à chacune de nos rencontres. On la regarde sûrement comme une excentrique, et de toute façon c'est une étrangère, qui va jusqu'à Union Hall ou Clonakilty pour assister au service protestant.

La première fois que je suis passée devant chez elle, j'ai été effarée par le nombre de chats agglutinés là. Il y en avait partout, sur l'appui des fenêtres, sous la haie, sur la crête du mur, sur le seuil de la porte. Mary est sortie à ce moment-là pour leur apporter une casserole de lait (ou peut-être l'avais-je intriguée). Elle avait les cheveux blancs, noués n'importe comment sur le haut de la tête en une sorte de chignon à l'ancienne mode, et arborait une épaisse couche de rouge à lèvres rose vif, qui n'allait pas jusqu'aux commissures, mais débordait largement l'ourlet de ses lèvres. Elle m'a paru un peu bizarre. Je lui ai demandé combien elle avait de chats – on en voyait une bonne douzaine, à vue de nez.

– Oh ! Je ne peux pas vous le dire, m'a-t-elle répondu d'une petite voix incroyablement aiguë, comme d'une enfant. J'aurais trop honte !

Elle a dans les quatre-vingts ans et est veuve de guerre. Son mari, George Carew, avait une mère irlandaise, une McCarthy de Tipperary, et il avait passé tous les étés de son enfance dans ce cottage qui appartenait à sa famille. Il avait été tué en Allemagne peu avant l'armistice. Ils n'avaient pas d'enfants – quand la guerre avait éclaté, ils venaient juste de se marier, et ils habitaient un appartement à Londres. Mary s'est installée à Ballyroe après la guerre, dans ce cottage où George avait passé ses vacances autrefois. Elle a pour toute famille un neveu de George marié à une jeune Irlandaise, qui habite une ferme à quelques miles d'ici, près de Myross Wood, au-delà d'Union Hall.

À la suite de cette première rencontre, nous avons pris l'habitude d'échanger quelques mots presque chaque jour. Mary m'a finalement avoué, sur le ton de la confidence, qu'elle avait vingt-huit chats. Tiggy, le chat de Denis, vient de chez elle. Je sais que je devrais garder mes distances avec les gens d'ici pour ne pas attirer l'attention, mais Mary n'est pas irlandaise et nous ne parlons jamais de politique, c'est donc une relation légère, sans conséquence. Quoi qu'il en soit, mes visites à Mary sont de nature à dissiper les soupçons des gens du village, qui pourraient penser que si je suis si solitaire, c'est que je dois manigancer quelque chose. Et si Mickey croit vraiment que parler livres et chats avec une vieille dame écossaise au bout d'un chemin peut mettre notre entreprise en danger, c'est qu'il est paranoïaque.

C'est vrai que je suis un peu seule. À part Nora que je vois presque tous les jours, qui se sent manifestement responsable de moi et doit en tirer une certaine fierté, je n'échange quelques mots de temps en temps qu'avec Kieran O'Mahoney dans sa boutique. Mes causettes avec Mary sont donc une distraction bienvenue.

« Vous avez une culture littéraire incroyable » lui ai-je lâché hier à la fin d'une conversation décousue sur le seuil de son poulailler. Je ne sais trop comment nous en étions venues à *La Nymphe au cœur fidèle*, un roman de Margaret Kennedy que j'ai lu dans mon enfance, à la bibliothèque publique de Boston, uniquement parce qu'il avait été rangé à côté du livre de John Fitzgerald Kennedy, *Le Courage dans la politique*. Mary venait juste de le finir, elle l'avait emprunté à la petite bibliothèque de Clonakilty, où elle s'arrête quand elle va faire des courses. Elle se sert de sa vieille Mini Morris pour ces occasions, bien qu'elle préfère de loin la marche.

– Oh ! Patricia, la télé est tellement déprimante, les journaux aussi, et chers, en plus ! Que faire d'autre que lire pendant les sombres journées d'hiver, alors que mon jardin s'est endormi jusqu'au printemps !

Elle a soupiré, ce qui, venant d'elle, équivaut à une plainte.

– Vous êtes un amour de faire une telle trotte juste pour une causette, a-t-elle ajouté en s'emmitouflant dans son cardigan gris informe pour se protéger d'une bourrasque soudaine. Mais qui sait quand vous reprendrez le vent dans vos ailes pour vous envoler ?

Elle m'a proposé une tasse de thé. J'ai refusé. Entrer chez elle, m'asseoir devant sa cheminée, ce pouvait être dangereux.

Contrairement aux gens d'ici, Mary supporte très bien les aléas de la météo pendant nos conversations. Moi, j'attrape froid et je suis trempée presque tous les jours, ce qui fait dire à Nora que je suis « bête comme un balai » et bien capable d'attraper une pneumonie ou du moins l'une de ces fièvres du XIXe siècle. Quand se sentir au sec et au chaud est un état infiniment précieux et difficile à atteindre, je suppose que l'on est prêt à tout pour s'y maintenir et le préserver. J'ai toujours vécu avec le luxe de l'eau chaude et l'assurance d'avoir des vêtements secs pour me changer. Et je ne sais pas ce que c'est que de grandir sans cela.

Je glisse parfois des carottes dans les poches de ma veste pour les trois ânes hirsutes qui se tiennent serrés les uns contre les autres dans le champ du haut, quel que soit le temps. J'ignore à qui ils appartiennent et à quoi ils servent. Je les vois parfois supporter stoïquement et stupidement des rafales de grêle, de cette grêle qui fait mal. Et je suis là, avec eux, guère plus maligne en réalité.

Je suis censée ne pas quitter le cottage plus de deux heures de suite, ni traîner à l'intérieur toute la journée. Mickey a été très précis là-dessus. Je ne dois pas me laisser fasciner par ce paysage sublime au point de perdre ma vigilance, mais rester constamment cloîtrée pourrait attirer l'attention et faire naître des hypothèses sur les motifs qui m'ont poussée à surgir de nulle part pour louer le cottage de Denis O'Driscoll.

Vagabonder un peu dans la campagne est un passe-temps vraisemblable pour la célibataire de base, un rien originale, qui traîne des jours insipides. Rôle que je joue parfaitement. Au cours de mes promenades, il arrive qu'un chien m'aboie dessus, quelqu'un que je ne vois pas lui crie de la fermer depuis la cuisine ou l'arrière-cour de la ferme, et voilà que l'animal remue la queue et me suit un moment. C'est ainsi que je connais le nom de presque tous les chiens de ce côté du village.

Car les chiens ont un nom. Beaucoup de colleys s'appellent Lassie, par exemple, et la plupart des chiens de berger Shep ou Pup. Il y a un Bruce, un Joker, une Beauty, et même un Benson, un labrador noir vieux et gras baptisé ainsi à cause d'un célèbre programme de la télévision américaine dont la vedette était un acteur noir, il y a quelques années.

Rares, en revanche, sont les chats qui ont un nom.

Ceux de Mary mis à part. Tous empruntés à Shakespeare. Même si c'est un peu déroutant qu'un chaton baptisé Hamlet soit le fils d'une Goneril et d'un Othello. À l'origine, il y a des années, les Lear étaient roux, les Macbeth blanc et noir. Aujourd'hui, ils sont mélangés. La mère de Tiggy était une jolie Juliette tigrée grise ; Mary pense que son père est Shylock, le vieux matou noir qui n'a plus qu'une oreille. Elle n'aime pas ce nom de Tiggy, mais elle n'a pas réussi à convaincre Denis de l'appeler Falstaff.

Avec mes autres voisins, je ne m'aventure jamais au-delà des quelques considérations de rigueur sur le temps. Si je croise un chat sur ma route et que je m'arrête pour lui parler, cela m'amène parfois à échanger une ou deux amabilités avec la femme d'un fermier attirée par le son inconnu de ma voix ou par l'aboiement de son chien. Quand je lui demande comment s'appelle le chat, elle répond généralement :

– Oh ! Il n'a pas besoin de nom, puisqu'il n'entre jamais dans la maison.

Les routes non plus n'ont pas de nom. Du moment que chacun sait où il est et où il va, on a dû juger inutile, dans ce pays économe, de faire le moindre effort pour installer des panneaux de signalisation. J'ignore comment les gens désignent ces routes entre eux, s'ils leur donnent des surnoms. Dieu seul sait comment le camion des pompiers trouve une maison en feu. Dieu seul sait s'il y a un camion de pompiers.

Ce matin, une camionnette des Telecom Eireann était garée au bord du chemin creux qui n'a pas de nom, et un employé était grimpé sur un poteau, en train de bricoler quelque chose. C'est un spectacle assez banal, surtout l'hiver : avec le vent, il y a toujours des problèmes sur les lignes de téléphone ou d'électricité. Hier, en fin de matinée, l'électricité est ainsi restée coupée plusieurs heures. Je ne m'en suis aperçue qu'en entendant ronfler un générateur de l'autre côté de la baie, dans la ferme des Hayes. J'ignore si le téléphone était touché lui aussi, car, comme la plupart de ceux qui habitent de ce côté-ci de Ballyroe, je ne suis pas « branchée ».

Je n'ai pensé à rien en voyant cette camionnette, à rien du tout. Pour une fois, l'air était immobile, le ciel exceptionnellement lumineux malgré de hauts nuages blancs, et je pouvais voir le type au loin, au-delà de plusieurs champs, au gré des ondulations du chemin qui le dévoilaient et le dissimulaient tour à tour. Je marchais depuis une quarantaine de minutes. Personne d'autre en vue. Le bruit lointain d'un tracteur m'arrivait parfois comme s'il était étrangement proche, car les eaux de la baie m'en renvoyaient l'écho.

Le paysage ici est si exposé, si nu, depuis la disparition des forêts qui y poussaient il y a des centaines d'années. L'œil accepte ces contours comme étant ceux-là même de la côte ouest de l'Irlande, mais je me souviens de Pete citant un lord anglais du XVIIIe siècle : « On ne soumettra jamais les Irlandais tant que leurs arbres auront des feuilles. » Ce qui signifie simplement qu'on n'a jamais pu contrôler les Irlandais tant qu'ils ont eu des forêts pour se cacher, et qu'abattre les arbres faisait partie d'une stratégie destinée à les empêcher de trouver un abri où s'organiser. Mais il me vient maintenant à l'esprit une tout autre interprétation : il y aura toujours des feuilles aux arbres, et les Irlandais ne seront jamais soumis.

Je marchais. La brume délicate du matin persistait dans les creux du chemin, mêlée aux fumées légères des feux de tourbe, et tout était doux et estompé sous ce voile impalpable.

Cela faisait une petite demi-heure que j'avais repéré l'employé des Telecom, et je n'étais plus très loin de lui maintenant. Il était descendu du poteau et s'était mis à fourrager à l'arrière de sa camionnette, dont la porte était restée ouverte. Au moment précis où je suis passée à côté de lui, il a dit à voix basse, sans se tourner, sans me regarder :

– Mickey vous fait dire qu'il arrive la semaine prochaine. Ne dites rien. Continuez à marcher. Et la prochaine fois que vous sortez, veillez à fermer les fenêtres. Celle de la chambre du premier, à l'ouest, est grande ouverte.

Il avait cet accent du Nord que j'avais appris à reconnaître – un peu comme le bourdonnement des Écossais, mais sec, sans aspérité ni couleurs, et toutes ses phrases s'achevaient sur une tonalité plate, rhétorique.

Je n'aurais pas dû être surprise, j'imagine, mais j'ai eu un vrai choc. Encore une fois. Chaque contact que j'ai avec les amis de Mickey est surprenant. C'est le troisième message qui me parvient de nulle part. Je me sens à la fois protégée et vulnérable.

J'étais là depuis une semaine quand un retraité grisonnant a glissé un mot dans ma poche au moment où je passais devant le pub d'O'Sullivan en allant chez O'Mahoney. Ce mot, non signé, m'enjoignait d'aller attendre un appel le lendemain à midi dans l'unique cabine téléphonique de Ballyroe, près du pub de Nolan.

Il y a deux jours, je marchais à marée basse le long de la baie, sans faire particulièrement attention à une femme qui pêchait des moules dans les rochers. Elle portait une longue jupe sale qui semblait faite dans un rideau, des bottes de paysan en caoutchouc noir, un manteau sans forme, et elle avait sur la tête une sorte de filet pour se protéger du vent. Elle m'a fait penser à une romanichelle, ou à une trimardeuse comme on les appelle, l'une de ces bohémiennes venue peut-être du camp controversé de Bandon Road. Le journal local est plein d'articles sur le projet du comté de construire des logements pour ces gens-là. Ils deviendraient alors des sortes de « trimardeurs sédentaires ». J'avais passé une vingtaine de minutes au soleil, sur un rocher, quand la femme s'est avancée lentement dans ma direction et, au moment où elle s'est trouvée à côté de moi, elle a tiré du fond de son seau de moules un sac à surgelés contenant un message de Mickey, sans signature : « Contact pris. C'est fait. On les tient par les balloches. »

Je voudrais savoir. Comment le type des Telecom – ce je ne sais qui, celui qui travaillait, qui est ou n'est pas employé par la compagnie du téléphone –, comment ce type savait-il que j'emprunterais ce chemin-là à ce moment-là, alors que je l'ignorais moi-même ? Il savait sans doute aussi combien de carottes j'avais dans ma poche ? Et le retraité grisonnant ? Et la pêcheuse ? Je poserai la question à Mickey. Non. Il ne faut pas. Je me demande quel jour la semaine prochaine ?

Balloches veut dire : couilles.

28 janvier, brouillard

J'ai vécu moi-même dans le brouillard pendant des semaines. De la mi-novembre à Noël, j'ai flotté la plupart du temps au milieu de la bibliothèque de la Frick Collection dans une sorte d'hébétude rêveuse postcoïtale, parvenant malgré tout à faire mon travail. J'étais noyée dans une mer de sexe. Engloutie dans un déferlement de sensations. Vibrante comme un diapason près d'un piano de concert. Plongée dans un magnifique naufrage.

Mickey n'y est pour rien. Si la vue ou la simple pensée de la très légère tache de rousseur qu'il a sur la clavicule droite fait naître en moi une tornade de désirs, il n'y est pour rien. Si je rougis malgré moi en regardant le bout presque carré de ses pouces et en songeant à la façon dont ils me connaissent, il n'y est pour rien. Et pour rien si son sexe – qu'il appelle son « zizi » avec une tendresse familière – me paraît si doux lorsqu'il me pénètre, surtout lors de la première et lente poussée contre ma chair humide qui s'émerveille de le recevoir de nouveau.

J'ignorais encore ce que pouvait être un prépuce. Non. C'est faux. Max, l'un des enfants que nous gardions à tour de rôle entre voisines, n'était pas circoncis, et j'ai été ahurie la première fois que j'ai changé ses couches, d'apercevoir cette petite pointe rose. Disons que le prépuce d'adulte de Mickey était le premier que je voyais. Fascinant de suivre l'afflux du sang, et cette peau qui se retrousse pour que le gland s'épanouisse, comme une fleur à la lumière. Exaltant. Bouleversant.

Moi qui reste presque toujours impassible et indifférente face aux rares compagnons que la vie essaie de m'offrir, je me suis sentie étrangement moite, dès le deuxième soir, alors que nous nous attardions à boire un expresso dans un café à deux pâtés de maisons de mon appartement – où nous allions rentrer ensemble et nous le savions. Pendant ce trajet de retour, après le dîner, j'ai éprouvé un tel engorgement, une telle montée de désir, que je me souviens de mon émerveillement devant la prémonition secrète d'un corps de femme.

Cela se voyait-il à mon visage ? Je l'ai craint, et je me suis arrêtée pour étudier mon reflet dans la vitrine d'un magasin. J'y ai vu le visage que je me connaissais, et derrière ce visage, celui de l'homme dont la clavicule droite, les pouces, et toutes les parties de son corps que j'ignorais encore allaient me faire vivre une admirable apocalypse, constamment renouvelée.

Nappée d'un glaçage de désir, voilà ce que je ressentais, comme une pâtisserie érotique. Complètement déboussolée. Est-ce cela, l'amour ?

Je voulais raconter cette histoire dans sa continuité. Mais je n'ai pas vraiment commencé par le commencement. Le véritable commencement se situe peut-être un certain soir de la fin décembre, après plusieurs semaines passées presque entièrement au lit (c'est de peu d'importance mais, pour la précision du récit, nous n'avons couché ensemble que le deuxième soir, après le dîner, alors que, je l'avoue sans honte mais avec un peu d'embarras, j'avais vécu dans un état permanent de désir sexuel dès l'instant où Mickey m'avait saisi le poignet, au restaurant E.A.T.). Ce fameux soir de la fin décembre, il m'a dit qu'il espérait que je pourrais le renseigner sur certains tableaux.

– Quels tableaux? ai-je demandé en titillant du bout de la langue les petits poils dorés qui entouraient son téton gauche.

Il m'a pris doucement le visage à deux mains pour écarter mes lèvres de sa poitrine. C'était trois jours après Noël. Nous venions tout juste de regagner New York en train, après avoir passé les fêtes chez Pete à Boston. Nous lui avions apporté un arbre beaucoup trop grand, et après y avoir accroché les décorations que Pete gardait dans une boîte depuis mon enfance, comme il restait de la place, nous y avions ajouté du pop-corn et des grappes d'airelles. Mickey était d'une adresse prodigieuse pour suspendre le pop-corn sans l'écraser, une habileté de chirurgien, alors que, m'a-t-il juré, il ne l'avait jamais fait jusque-là.

Mal à l'aise au départ, légèrement circonspects, Pete et Mickey sont devenus si rapidement complices que je me suis sentie presque mise à l'écart. Mickey a une sorte d'élégance naturelle qui me fait souvent oublier qu'il n'a que vingt-cinq ans. Il a l'âme d'un homme âgé.

À quoi ressemble-t-il ? Je l'ignore. Quand j'essaie de tracer de lui une image objective, il s'évanouit. Séduisant, passionné, d'une tendresse incroyablement sexuelle, sexuel d'une façon incroyablement affirmée. Pete, dans sa jeunesse, devait beaucoup lui ressembler.

Quand j'ai vu Pete, le premier soir, déboucher son précieux Redbreast, un whisky irlandais d'une grande année qu'il offrait rarement, j'ai compris que Mickey était comme Errol Flynn, un héros aux succès faciles devant qui s'ouvraient toutes les portes (au fait, Errol Flynn était-il irlandais ?). Ils ont bu et parlé jusqu'à trois ou quatre heures du matin. Quand Mickey est venu se coucher, le livre que je lisais – *La Ronde de l'amour* de Somerset Maugham, un exemplaire tout déchiré que je gardais de mes années de collège – m'était tombé plusieurs fois des mains. J'avais fini par le mettre de côté, éteindre la lampe, et m'endormir profondément. Même chose le lendemain soir, et j'ai commencé à me sentir délaissée, mais il y avait entre eux une telle complicité que j'en étais émerveillée. Je me suis endormie tranquillement, bercée par les voix assourdies des deux hommes que j'aimais.

C'était, depuis l'accident, mon premier Noël où je ne me sentais pas seule et abandonnée au point de ne désirer qu'une chose : rester prostrée dans un silence comateux jusqu'au-delà du jour de l'an, où je pourrais recommencer à travailler.

– J'ai besoin que tu en identifies un, m'a-t-il dit ce soir de la fin décembre, en me regardant avec une soudaine gravité. En es-tu capable ?

Il était sept heures du soir. Nous avions passé la journée à flâner dans New York (Brooklyn Museum, South Street Seaport, World Trade Center), puis nous étions rentrés et avions arraché nos vêtements pour nous retrouver au lit le plus vite possible.

Habituellement, nous nous baladions, affamés, sur Amsterdam Avenue, dînions dans l'un des petits restaurants du quartier, ou achetions quelque chose que nous rapportions chez moi. Nous avions pris cette habitude très vite. Quand il m'arrivait de travailler tard, Mickey commençait parfois à faire la cuisine en m'attendant. C'étaient des jours heureux. Inutile de préciser qu'il passait très peu de temps dans sa « garçonnière » de Rego Park.

Ce qui ne veut pas dire que pendant ces semaines d'ouragan passionnel où nous nous apprenions l'un l'autre, nous ne trouvions pas le temps de parler. Oh ! Nous parlions de tout : livres, films, compétences et rêves de Mickey concernant l'ébénisterie, son amour des bateaux, mon amour de l'art, mon métier, la température à laquelle une bière doit être bue, les préférences en matière de races de chiens et de cuisine chinoise, l'avantage de dormir volets fermés ou non, la politique irlandaise, nos souvenirs d'enfance, mes histoires avec Pete (Mickey lui avait parlé plusieurs fois au téléphone avec réserve avant qu'ils ne se rencontrent) – toutes ces conversations qui permettent de se connaître. Bien qu'il se soit avéré un peu plus tard, comme je l'ai dit, que grâce à de mystérieuses sources d'information, Mickey savait tout de ma vie, dans ses moindres détails.

À cet instant-là, tandis que la profonde obscurité des nuits de fin décembre aveuglait la fenêtre, nous étions lovés l'un contre l'autre comme deux chatons rassasiés. Je l'ai regardé, puis j'ai posé ma tête dans ce creux qui s'ouvre sous le sternum.

– Qu'entends-tu par identifier ? Identifier quoi ?

J'écoutais le paisible battement de son cœur.

– Regarde celui-là, ai-je ajouté en montrant d'un doigt paresseux la reproduction d'un Matisse peint au Maroc, accroché au mur de ma chambre. Il est d'un bleu très particulier, ce tableau-là. Un bleu très marocain. Très Matisse.

Je n'étais pas très concentrée.

– Je veux dire, sur un plan purement théorique, a-t-il répondu : si je te montre plusieurs tableaux, es-tu capable de savoir d'instinct quel est le meilleur ?

– Oh ! Mickey, évidemment. Tu penses bien. Le prix d'excellence décerné par Patricia Dolan est attribué à… *ça* !

J'ai levé la main, et j'ai appuyé le bout des doigts sur cette petite évasure, qu'on appelle philtrum, qui descend du nez vers la lèvre supérieure et que Mickey a aussi parfaite qu'un ange de Raphaël. Il a doucement écarté les lèvres. J'y ai glissé l'index. Nous étions comme deux enfants, sans cesse à jouer, sans cesse à nous toucher. Sa langue m'a effleuré le doigt d'une brève caresse accueillante, très brève, puis il a écarté ma main en détournant la tête, et comme il redevenait brusquement sérieux, j'ai essayé de lui répondre plus précisément.

– Tous les historiens de l'art auxquels tu poseras la question te répondront : oui. Mais le vrai problème est : deux historiens de l'art choisiront-ils le même ? Chacun a ses critères. En dernier ressort, c'est une affaire de goût. Tout dépend de l'historien lui-même, des tableaux qu'on lui montre et vraisemblablement de ce qu'il a mangé au déjeuner ce jour-là.

Mickey a ri avec un petit grognement d'agacement et s'est éloigné de moi, repoussant le drap. Je le sentais secrètement tendu. Je lui ai doucement touché l'épaule. Il est resté silencieux un long moment.

– Mickey ? Désolée d'avoir plaisanté. Attends-tu quelque chose de moi ? Je ne comprends pas ta question. Veux-tu que je regarde les toiles de quelqu'un et que je te donne mon avis ? Quelqu'un qui travaille à l'atelier de Simon ? Je ne suis pas très calée en matière d'art contemporain. Je ne fréquente pas les galeries.

– À ton avis, Patricia, m'a-t-il alors demandé lentement, d'une voix précise, sans hésiter, en insistant sur les consonnes au lieu de les laisser s'arrondir et se perdre, à ton avis, vu ta parfaite connaissance des peintres hollandais du XVIIe siècle, serais-tu capable, sérieusement, si l'on te montrait plusieurs tableaux de Vermeer, serais-tu capable de dire quel est le meilleur ?

– Tu plaisantes ou quoi ? Tu veux dire : aller à La Haye et visiter l'exposition Vermeer avec toi, quelque chose de ce genre ? Je crois que tu t'y prends trop tard. Elle se termine la semaine prochaine. C'est à Washington qu'il fallait la voir.

Je me suis lancée dans un discours sur cette exposition Vermeer sans très bien comprendre où Mickey voulait en venir. Je lui ai raconté en détail l'histoire assez absurde, que je tenais de quelqu'un qui travaille à la National Gallery, de notre président, qui avait décidé un beau jour d'aller voir cette exposition, et comment près de deux mille personnes qui avaient acheté un billet – huit cents billets par heure, voilà la cadence à laquelle on les avait vendus, incroyable quand on y pense, tant de gens impatients de jeter un coup d'œil sur ces vingt-trois tableaux – s'étaient vues imposer près de deux heures et demie d'attente, surveillées par les services secrets, parce que notre président, brusquement pris ce jour-là d'une fringale culturelle, s'était présenté au musée sans être annoncé.

– Ton travail à la Frick Collection te permet-il d'avoir un accès prioritaire au musée de La Haye ? m'a-t-il demandé brusquement.

– Pas vraiment, ai-je répondu, croyant que nous parlions toujours de la même chose. Nous possédons trois Vermeer, que nous avons refusé de prêter pour cette exposition. C'est très typique de la Frick Collection, et c'est très dommage pour plusieurs raisons. Ce sont trois Vermeer importants. Tous les Vermeer sont importants, bien sûr, mais sur un plan strictement académique, il y en a deux qui méritaient d'être exposés. Sur un plan plus pratique, cela aurait pu permettre des missions entre ici et La Haye pour l'équipe de la Frick, et nous aurions pu avoir plus facilement des billets. Tu te souviens de ces Vermeer ? Nous les avons vus, le premier après-midi, quand je t'ai fait visiter le musée. Juste avant la salle des Fragonard. *Officier et jeune fille riant*, avec ce soldat coiffé d'un immense chapeau noir. Juste à côté : *Leçon de musique interrompue*. La jeune fille a un visage que je n'aime pas, trop étrange, sans relief, presque aplati, ce qui doit vouloir dire quelque chose, mais que je ne comprends pas. Enfin, dans la galerie ouest, à côté de quelques Rembrandt, notre plus beau Vermeer : *La Maîtresse et la Servante*. Le dernier tableau qu'a acheté Henry Clay Frick avant de casser sa pipe. Mais c'est un détail qui ne t'intéresse pas.

Mickey hochait la tête avec impatience et dessinait de petits cercles avec la main, comme pour me demander d'en rester là, ou d'aller plus vite sans me perdre dans les détails. J'ai essayé de revenir au début de notre conversation : à savoir si j'avais vu l'exposition Vermeer à Washington.

– Je t'ai dit tout à l'heure que nos trois Vermeer ne font pas partie de la réunion de famille qui se tient en Hollande. Mais il n'était pas question pour moi de rater une exposition Vermeer, même si la Frick n'y participait pas. Il y a deux mois, j'ai donc pris l'avion pour Washington. Juste une journée, pour visiter l'exposition. J'avais une invitation V.I.P., qui me permettait d'entrer le matin avant l'ouverture au public. Je déteste Washington. Tout y est soumis au gouvernement.

Tu n'imagines pas le nombre de personnes qui brandissaient la même invitation V.I.P. Démentiel ! Après ma visite, j'aurais donné n'importe quoi pour savourer des *poffertjes*, ces délicieuses petites crêpes hollandaises que j'avais découvertes la première fois que je suis allée au Mauritshuis, pendant ma première année d'université. Tu es déjà allé en Hollande ?

– Tu as déjà vu tous ces tableaux ? Tous ceux qui sont actuellement au Mauritshuis ? À La Haye ?

Il s'était assis et me regardait avec une sorte de fascination, comme si mon exposé sur Vermeer était brusquement devenu ce qu'il avait entendu de plus merveilleux et de plus original.

Il n'a pas répondu à ma question.

– Plus ou moins. Attention, Mickey, tu prononces mal. Les Hollandais disent Maurits-*aousse*, et non pas Maurits-*euisse*. Cette façon que tu as de dire : *euisse* ! J'adore. Quand on l'entend, on est en Irlande.

Il ignora cette réflexion.

– Tu as donc vu tous ces tableaux ?

Je restais stupéfaite de cette fascination que l'exposition Vermeer exerçait sur lui.

– Il y a, de mémoire, deux toiles qui n'ont pas participé aux deux expositions. Certains tableaux exposés à Washington n'ont pas été invités à La Haye, car leur authenticité restait douteuse. Peut-être également que Washington n'a pas souhaité exposer deux tableaux qui appartiennent à des musées hollandais et qu'on a pu voir à La Haye. C'est souvent comme ça avec les expositions itinérantes. Je ne me souviens pas du détail. De toute façon, pas sur un plan littéral, mais, disons, sur un plan général, oui, j'ai vu l'exposition Vermeer. Depuis quand t'intéresses-tu à lui ? Tu n'avais pas l'air tellement passionné par les toiles de la Frick. Tu m'as même dit que, dans notre collection, tu mettais Chardin au-dessus de tout. Et ce que tu as préféré, c'est le tunnel qui conduit de la bibliothèque au musée lui-même.

Il n'a pas répondu. Il réfléchissait. Et quand il a parlé, ce n'était pas exactement une réponse.

– Patricia, si tu pouvais posséder l'un de ces tableaux, lequel choisirais-tu ?

Une question comme une boutade, posée avec une effarante gravité.

– La *Jeune femme au luth*, ai-je répondu sans hésiter, avec la même gravité, sans très bien comprendre où il voulait en venir. Veux-tu la voir ? J'ai bien une cinquantaine de livres avec des reproductions de Vermeer.

Sans attendre sa réponse, je me suis levée et me suis dirigée vers l'entrée de l'appartement tapissée d'étagères du sol au plafond, où je range mes livres. Je suis revenue avec un gros volume consacré à Vermeer et son siècle, que j'avais acheté après ma soutenance de thèse.

– Elle est là.

Nous nous sommes assis l'un contre l'autre, nus, jambes croisées, le livre posé devant nous sur le couvre-lit.

– Il y a longtemps que je ne l'ai pas regardée.

Je me suis penchée au-dessus de Mickey pour attraper mes lunettes sur la table de chevet. Jamais je n'aurais pu imaginer quelques semaines plus tôt que je me trouverais de nouveau avec un homme dans une telle intimité et un tel abandon. Jamais je n'aurais pu penser que je serais assise, toute nue, sans rien d'autre que mes lunettes, dans une parfaite indifférence à tant de choses : mon ventre de quarante et un ans, mes odeurs, mes cheveux tout ébouriffés, ceux de quelqu'un qui sort du lit. Il y avait si longtemps que je ne vivais plus.

– J'adore cette femme, ai-je dit après avoir tourné les pages pour trouver la *Jeune femme au luth.* Je l'ai toujours adorée. La voilà. C'est elle que je choisis pour répondre à ta question. De toute évidence le plus beau Vermeer. Regarde son visage. Regarde ses mains. Cette lumière tamisée. Il n'y a pas de jaune au monde plus beau que le jaune de Vermeer.

Mickey semblait légèrement désappointé.

– Tu ne préfères pas la *Dame écrivant une lettre et sa servante* ?

– Non. Sûrement non.

– Pourquoi ?

– Pour rien. C'est un choix personnel. Tu m'as demandé le meilleur. Celui qui est pour moi le meilleur. J'aime beaucoup la *Dame écrivant une lettre et sa servante,* mais ce n'est pas avec elle que j'aimerais vivre.

Mickey tournait les pages comme s'il cherchait quelque chose. Il finit par trouver.

– Et *Le Concert*? Ce n'est pas un Vermeer important pour toi?

– Mon premier Vermeer! Oh! Seigneur! Comme j'ai *aimé* cette toile. Quand j'étais enfant, j'allais la voir très souvent. J'ai toujours pensé qu'elle était admirable.

Comme j'étais heureuse que Mickey aborde des sujets que je connaissais à fond. Professeur, professeur, interrogez-moi! Je connais la réponse.

– *Le Concert* ne fait pas partie de l'exposition, de toute façon. Il a disparu en 1990, volé avec d'autres toiles au Gardner Museum. C'est pour ça que je n'ai pas pensé à lui. Il faut en parler au passé. Qui sait si nous le reverrons? Personne ne sait vraiment ce qui s'est passé.

Mickey claqua la langue en signe de désapprobation et murmura:

– Quelqu'un doit savoir.

Il tournait les pages, feuilletait au hasard, en louchant un peu sur les reproductions. Il doit avoir besoin de lunettes.

– Il y a d'étranges rumeurs qui circulent de temps en temps. Un marchand de tableaux de Newburyport a prétendu qu'il avait des informations, mais il est en prison pour escroquerie et il exige d'être amnistié avant de dire quoi que ce soit. On a parlé d'un autre type, qui a essayé de passer un accord avec le FBI. Un antiquaire qui dit avoir des pistes. Il y a sans arrêt des on-dit au sujet de ces toiles. Qui sait s'il en sortira quelque chose? La semaine dernière, j'ai classé à la bibliothèque de la Frick un rapport passionnant d'Interpol. Tu sais à combien s'élève la récompense promise? Actuellement, cinq millions de dollars. En même temps que le Vermeer, on a volé quelques très beaux Rembrandt. C'était d'une telle tristesse la dernière fois que j'y suis allée: le Gardner Museum a laissé les espaces vides sur les murs, comme s'il exposait leur absence.

– Attends. Arrête.

Mickey inspira si profondément que j'ai cru qu'il avait mal quelque part, une crampe peut-être, mais il venait simplement de découvrir une information sur la page qui faisait face à la *Jeune femme au luth.*

– On dit là que c'est le plus petit tableau de Vermeer, et qu'il n'est pas peint sur toile, mais sur bois. Est-ce que ça change sa valeur?

– Comment ça? La dimension n'a rien à voir, Mickey. Vermeer est généralement à son meilleur quand il peint des intérieurs. Mis à part pour l'un de ses premiers tableaux, *Vue de Delft*, le plus grand qu'il ait jamais peint. Et c'est un tableau extraordinaire, qui est considéré comme l'un des plus beaux au monde. J'ai toujours pensé que la passion de Swann pour Vermeer était née de ce tableau-là.

Peut-être Mickey n'était-il pas un familier de Proust, mais je ne me suis pas arrêtée pour ouvrir une parenthèse. Complètement fasciné, il penchait la tête comme s'il prêtait l'oreille à un lointain signal.

J'ai insisté, car le sujet m'a toujours passionnée.

– Même si ce tableau est admirable, ce n'est pas le meilleur Vermeer. Si j'omets volontairement les quelques compositions allégoriques ou religieuses de jeunesse, qui ne m'intéressent pas, où l'on aperçoit de loin en loin un coin de ciel, *La Ruelle* est le seul autre tableau de Vermeer qui ne représente pas un intérieur. Or, pour moi, quand il sort de ses chambres, Vermeer perd le contrôle de la lumière. *La Ruelle* a quelque chose d'intime qui l'apparente à la *Jeune femme au luth*, mais si tu veux mon ordre d'arrivée, ta *Dame écrivant une lettre et sa servante* se place en deuxième position. C'est la *Jeune femme au luth* qui arrive en tête avec une bonne longueur d'avance et qui remporte l'épreuve.

Pour la plupart des gens, le langage des courses est d'ordre métaphorique, mais j'appartiens à ceux qui le comprennent, car Paddy m'emmenait souvent sur les hippodromes quand j'étais enfant et m'expliquait ce que c'était que le handicap.

– Alors, quel est ton pronostic, ma chérie ? me demandait-il.

Je choisissais les chevaux à leurs noms, uniquement parce que ceux-ci me plaisaient. Paddy, lui, donnait aux chiffres une valeur superstitieuse.

– Regarde, disait-il. Il y a six oiseaux perchés sur cette barrière, et cette barrière a six barreaux de métal. Je joue le six dans la sixième.

Il gagnait parfois.

J'accompagnais Paddy au guichet des paris. Il m'expliquait ce que deux dollars engagés pouvaient me rapporter. Nosey Mike à 10 contre 1. Miss Berry Time à 6 contre 1. À huit ans, j'ai commencé à mettre de l'argent de côté grâce à mes gains aux courses. Et je jette encore un coup d'œil de temps en temps aux journaux sportifs, uniquement pour le nom des chevaux.

J'observai pendant un instant la *Jeune femme au luth* sans plus penser aux questions de Mickey, et mon esprit vagabondait.

– De toute façon, en supposant que nous voulions sauter dans un avion, nous ne pourrions pas voir ce tableau. Il n'y a aucune foutue chance d'obtenir des billets d'entrée pour les derniers jours à La Haye. Mes collègues de la Frick m'ont appris ce matin qu'ils n'arrivaient même pas à en obtenir pour l'un de nos mécènes blindé aux as, qui a téléphoné de là-bas pour savoir si notre directeur pouvait le pistonner. Chaque minute compte – comme pour le dernier avion qui part de Saïgon.

– J'aimerais voir ta *Jeune femme au luth*, a dit Mickey à mi-voix.

– Ce n'est pas la mienne. C'est celle de la reine d'Angleterre. Après une exposition de cette importance, il faut toujours plusieurs semaines avant que les toiles reprennent leur place. On les envoie d'abord au laboratoire pour vérifier dans quel état elles reviennent. Certains conservateurs, imagine un peu, sont convaincus qu'il faut les laisser « reposer ». Cette *Jeune femme au luth* ne retrouvera son mur que dans un à deux mois. Que veux-tu qu'on fasse ? Qu'on aille à Londres au printemps prochain ? Le tableau se trouve à Buckingham Palace. Ils acceptent sûrement des visiteurs. Ils ont toujours besoin d'argent frais. On se pointerait devant le palais en chantant comme dans *Carmen* : « Avec la garde montante, nous arrivons, nous voilà ! » Blague à part, Mickey, j'aimerais tellement aller à Londres avec toi et te faire visiter la National Gallery. Il y a tellement de chefs-d'œuvre. Et mon Van Eyck préféré.

Mickey restait silencieux. J'ai pris soudain conscience d'être un professeur qui pérore. Je me suis tue. J'ai admiré, une fois encore, le regard de cette *Jeune femme au luth*, son sourire esquissé, la musique lointaine que ses doigts avaient fait naître sur les cordes de l'instrument, il y a des siècles, et qu'on pouvait entendre encore.

– Peut-être a-t-elle noué des liens d'amitié avec les époux Arnolfini, qui sont un peu plus loin dans la même rue à la National Gallery, ai-je dit pour rompre le silence qui se prolongeait. Ils ont eux aussi quelques fruits sur l'appui de leur fenêtre.

Mickey ne pouvait pas savoir de quoi je parlais. Il se taisait toujours.

Nous avons baissé la tête et nous l'avons regardée très longtemps. Pour lui permettre de l'étudier avec ses propres yeux et non à travers les miens, j'ai évité tout commentaire sur l'iconographie, ou la qualité picturale, ou la sensibilité de l'Europe du Nord, ou Jeronimo de Vries, ce marchand de tableaux du XIXe siècle au nom désopilant, ou d'autres sujets de cet ordre. Pour être franche, jamais depuis ce moment-là

Mickey ne m'a montré s'il éprouvait quelque chose de personnel face à ce tableau.

– C'est donc ça, la *Jeune femme au luth,* a-t-il murmuré comme pour lui-même au bout d'un moment.

J'ai senti qu'il me regardait pensivement pendant que je continuais d'étudier la reproduction. Je la fixais sans la voir, le regard de Mickey sur moi. Il m'effrayait à rester si longtemps immobile et j'ai fini par rompre le silence par une plaisanterie.

– C'est mon prochain cadeau d'anniversaire ? J'avoue que je pensais à quelque chose de moins ruineux pour toi. Une petite Jaguar Type E, par exemple. Quelle couleur préfères-tu ? Pourquoi pas verte ?

– Ça vaut des millions, j'imagine ? dit-il doucement, refusant d'entrer dans mon jeu.

– Oui, c'est ça, des millions. Peut-être des centaines de millions. Comment savoir ? Jamais aucun Vermeer ne passe en vente chez Christie's ou Sotheby's. On compte en tout, disons, quarante tableaux connus. Même pas. Trente-sept ? Trente-cinq ? Je ne me rappelle jamais exactement ceux qu'on lui attribue et ceux qu'on lui refuse. Tout dépend des experts. Les plus radicaux n'en donnent que vingt-huit absolument sûrs. J'ai moi-même l'impression bizarre que la *Fille au chapeau rouge* de Washington n'est pas complètement de lui. Elle est peinte sur bois également. Quant à la *Jeune fille à la flûte,* un très petit portrait qui est à Washington lui aussi, elle pose vraiment un problème. Cette façon directe, trop chaleureuse, de s'imposer. Plutôt un visage à la Nicolas Maes, tu vois ? Non, tu ne vois pas, bien sûr, tu ne peux pas voir, mais si je te le montrais, tu verrais. Il a subi un nettoyage important au cours des deux derniers siècles, ce qui complique tout. Pour moi, certains de ces tableaux douteux n'étaient qu'ébauchés à la mort de Vermeer et des gens qui avaient besoin d'argent les ont trafiqués pour les vendre. Ce qui rend les choses encore plus difficile pour distinguer le faux de l'authentique.

J'ai glissé un petit coup d'œil en direction de Mickey pour savoir s'il écoutait.

Il en avait l'air. J'ai donc continué.

– La *Jeune femme au luth* n'a jamais posé de problème, bien qu'elle soit peinte sur un panneau de chêne. C'est le seul Vermeer peint sur bois qui ait été absolument authentifié. Ce qui doit en augmenter encore la valeur. Son origine est connue. C'est la veuve de Vermeer qui l'a vendu à son boulanger, l'année qui a suivi la mort de son mari, pour régler une dette. Cette toile a servi à acheter du pain. Incroyable, non ? Ce tableau a permis à la veuve de Vermeer d'acheter du pain pour leurs onze enfants.

C'était un plaisir pour moi de laisser mon expertise personnelle se déployer, car la fascination de Mickey semblait venir autant de mon érudition que du tableau lui-même. Mais j'ai brusquement senti qu'assise ainsi à discourir, toute nue dans mon lit, je finissais par l'ennuyer. J'ai conclu.

– Tous les Vermeer sont dans des musées ou des collections particulières. Il est donc impossible de préciser la valeur de ce tableau. Quel est le prix, sur le marché, de ce qui est inestimable ?

– Parfait, a-t-il soupiré. Tu es parfaite. Elle est parfaite. Et non seulement c'est une Anglaise, qu'il faut écraser, mais elle appartient à Betty Windsor elle-même, ce qui la met au top du top. Je suis amoureux de vous deux.

Il s'est penché sur la page du tableau, a embrassé très doucement la *Jeune femme au luth* sur le haut du visage, puis a fermé le livre, l'a posé à côté du lit, et s'est renversé sur les oreillers en m'entraînant avec lui. J'ai remonté le couvre-lit. J'avais froid, brusquement.

Les mains croisées derrière la nuque, Mickey était immobile, le regard fixe, comme si nous venions de sceller un engagement capital.

– Mickey, ai-je demandé après un long silence, quel est le sens de cette conversation ?

– Cette conversation va bouleverser ta vie.

La première chose que j'ai faite quand je me suis trouvée seule avec elle (c'est quelque chose dont je ressentais la nécessité et je n'ai aucune honte à l'avouer, même si l'on peut penser que je risquais de l'abîmer) a été de la sortir de son cadre. Je voulais enlever le verre.

J'ai la haine du verre – le mot le plus violent que je puisse trouver : la haine. C'est une habitude récente dans les musées que de mettre les tableaux sous vitre, parce que c'est moins cher que d'augmenter le nombre de gardiens et que ça protège la marchandise du vandalisme et des accidents – j'entends par « marchandise » l'œuvre d'art sur laquelle le public jette un rapide coup d'œil avant de se diriger vers la borne interactive. Le verre enlève au tableau toute présence vivante. On ne peut pas voir un tableau à travers une vitre.

Peu importe ce qu'on en dit : le verre antireflet est encore pire. C'est exactement transformer le tableau en momie. Mais, même à travers un verre ordinaire, la texture est brouillée à cause du foutu reflet des horribles lampes qui éclairent les salles, du reflet des autres visiteurs, de notre propre reflet. L'œuvre d'art ne respire plus. Je suis absolument certaine que jamais un peintre n'a envisagé qu'on regarde ses toiles à travers un morceau de verre posé à cinq millimètres de leur surface. L'éclairage de la plupart des musées est tellement agressif qu'il n'y a pratiquement pas de différence entre un tableau sous vitre et sa reproduction. C'est peut-être même pire.

Le public ne cherche pas plus loin. La plupart des gens n'ont sans doute pas remarqué que le verre est partout. Ils jettent un coup d'œil aux œuvres, puis se ruent à la boutique des cadeaux. Bon, que dire de plus ? C'est le même public qui accepte de faire l'amour avec un préservatif. Ça part du même principe. Nous vivons une époque à risques, où il est devenu dangereux pour un tableau appartenant à une collection publique d'être regardé à l'œil nu.

Je l'ai donc libérée de ce verre abominable et, avant de la remettre dans son cadre – un superbe cadre hollandais, sans doute du XVIIIe siècle, au bois noir austère, exactement ce qu'il faut à ce tableau, pas l'un de ces cadres grandiloquents, alourdis de sculptures en plâtre doré, qui ont l'air de dire : « Admirez-moi, je suis un chef-d'œuvre ! », dans lesquels certains musées font l'erreur d'emprisonner leurs tableaux hollandais du XVIIe siècle –, avant, donc, de la mettre dans son cadre, je me suis assise, tenant ce simple panneau peint dans mes deux mains, et je l'ai regardé, regardé, regardé. Et rien de ce qui pourra m'arriver quand tout sera fini, quelle que soit la fin, ne vaudra cette heure-là.

Je ne suis pas naïve, mais je ne sais pas exactement comment ils ont fait.

J'espère simplement que personne n'a été blessé.

Je n'ai posé aucune question.

29 janvier, clair et froid

Nous avons parlé toute la nuit. Je ne voulais pas m'embarquer à l'aveuglette. Mickey avait raison : cette conversation a bouleversé ma vie.

À quinze ans, Mickey s'est engagé comme volontaire chez les Provisionals ou PIRA, une branche de l'IRA qui donnait la priorité à la lutte armée. « Je savais depuis mon enfance que je le ferais » m'a-t-il dit. Malgré le calme apparent du West Cork, les Troubles, comme on les appelle (un mot simple pour une situation compliquée), faisaient partie de la vie quotidienne. Chaque soir après la traite des vaches, le père de Mickey se rendait dans le seul pub équipé d'un téléviseur. Il y retrouvait quelques habitants du village, qui venaient comme lui regarder les informations – bombardements et fusillades en Irlande du Nord – tout en buvant de la bière et en discutant politique.

À cinq ans, Mickey a commencé à accompagner son père. Assis au bar, il s'amusait à construire des maisons avec des sous-bocks, mangeait des chips, écoutait, observait, enregistrait tout. Il s'est nourri de cette haine, de cette obsession du secret et du châtiment.

Pour s'engager dans les PIRA, il est parti dans le Nord. Il a fait croire à ses parents qu'il allait y passer le week-end avec l'un de ses camarades rencontrés à Gaeltacht, dans le Donegal, une école où les jeunes Irlandais se retrouvent chaque été pour apprendre leur langue. Selon Mickey, l'étude du gaélique et l'initiation amoureuse allaient de pair au cours de ces interludes d'été.

Son camarade, Eamonn O'Doherty, était un très beau garçon de Howth, grand séducteur de filles, qui amusait tout le monde en imitant à la perfection les bonnes sœurs et les prêtres qui leur faisaient la classe. Mickey, qui se considérait comme un « gros dadais boutonneux », lui vouait une admiration éperdue. Eamonn l'a engagé dans son unité, composée de gaillards du genre de Mickey – patriotes passionnés, sans aucune expérience, prêts à donner leur vie pour une Irlande libre et unifiée, avides d'utiliser des armes plus sophistiquées que de simples cailloux.

– Comment je n'ai pas été tué trois ou quatre fois pendant cette période, ça tient du miracle.

Il n'a rien dit de plus sur ses premiers mois d'entraînement, puis il a parlé d'autre chose. Mais je suis sûre qu'il a transporté du matériel pour fabriquer des bombes, et qu'il a appris à les faire et à les poser.

Je dis ça parce qu'à Noël, chez Pete, Mickey a paru bizarrement terrifié quand je leur ai proposé du cake traditionnel aux fruits confits, couvert d'un glaçage à la pâte d'amandes. Il était tard. Ils avaient bien entamé la bouteille de Redbreast, ce qui peut expliquer la réaction incontrôlée de Mickey. Il a repoussé le plat en murmurant qu'il détestait la pâte d'amandes parce qu'elle avait la même odeur que la gélignite ; cet explosif, a-t-il ajouté, lui provoquait de terribles maux de tête.

Il a un visage d'une telle innocence qu'il a toujours pu circuler librement. En dix ans d'activité, il n'a apparemment jamais été arrêté et ne figure pas sur la liste des activistes reconnus de l'IRA.

Il m'a appris une dernière chose concernant ces années-là : Eamonn a été tué à côté de lui pendant qu'ils s'enfuyaient après une action de volontaires dans le Bogside, un attentat à la bombe sans doute, organisée par leur brigade du Derry. Un sniper anglais l'a abattu. Ils avaient dix-sept ans.

Il nous restait très peu de temps. L'exposition de La Haye fermait dix jours plus tard. Les tableaux resteraient en Hollande sans doute deux ou trois jours de plus. Comme c'était la dernière étape de cette exposition itinérante, ils ne voyageraient pas tous ensemble, mais un par un, pour que chacun rejoigne son lieu de résidence à la convenance des institutions qui les avaient prêtés. Notre travail s'en trouverait facilité, s'il était parfaitement mis au point.

À partir de cette nuit-là et pendant les jours suivants, Mickey m'a posé de nombreuses questions très précises. J'y ai répondu du mieux que j'ai pu. Quand je lui disais que je ne savais pas, il insistait pour que je fasse appel à ma logique et à mon imagination, et je finissais par lui fournir une sorte de réponse.

Tout à son affaire, après nos séances de questions et réponses, il passait chaque nuit une rafale d'appels avec un téléphone portable sécurisé. Lorsqu'il parlait du tableau, il l'appelait « le colis de Betty ». Il écoutait son interlocuteur, me posait de nouvelles questions, transmettait mes réponses dans un langage soigneusement codé qui semblait n'avoir aucun sens. Il murmurait de temps en temps : « Rappelle-moi dans dix minutes », et revenait travailler avec moi, l'œil fixé sur la pendule. Dix minutes plus tard, le téléphone sonnait. J'avais fourni plusieurs réponses, et ses correspondants – peu importe qui ils étaient et où ils étaient – posaient de nouvelles questions.

Mickey s'est enfermé à deux reprises dans ma salle de bains, en ouvrant en grand les robinets de la baignoire, pour avoir une conversation absolument privée. Je ne pouvais pas m'en offusquer. C'était comme ça ; c'est ainsi qu'on agit dans ce genre d'opérations.

Je lui ai fourni des quantités d'informations, depuis le langage propre au personnel des musées jusqu'à la description minutieuse du déroulement des opérations à l'aéroport en ce qui concerne les documents à signer et la logistique ; je lui ai expliqué à quoi ressemble une facture de transport, comment les compagnies d'assurances fixent les consignes de sécurité.

Pendant mes heures de travail à la Frick Collection – c'est difficile à croire, mais j'ai continué de travailler tous ces jours-là, en respectant mes horaires habituels –, j'ai pu avoir discrètement accès à certains courriers via les connexions informatiques que nous partageons avec les musées qui avaient participé à l'exposition. J'ai ainsi récolté un grand nombre d'informations précieuses sur ce qui était prévu après sa fermeture.

Au hasard d'une discussion, j'ai appris d'un conservateur bien informé le nom de l'employé de la National Gallery de Londres qui avait été désigné pour escorter le Vermeer de la reine, lequel devait voyager avec les tableaux prêtés par la National Gallery.

Fred Lewis, le conservateur de la Frick qui m'avait fourni cette information capitale, est un petit homme myope, arborant une moustache en guidon de vélo qu'il doit bichonner chaque matin comme un petit animal familier. Fred, de lui-même, avait décidé sur-le-champ de nous tenir à l'œil, moi et mon cousin irlandais, que je lui avais présenté alors que nous traversions le souterrain qui conduit de la bibliothèque à la maison-musée de M. Frick (chaque fois que j'emprunte ce passage, j'ai l'impression d'être chargée d'une mission culturelle secrète – il fait partie intégrante du caractère élégant, raffiné, mystérieux de ce musée).

Fred m'a dit qu'il avait été marqué, cet après-midi-là, par la façon dont Mickey regardait autour de lui en parcourant les galeries, et il s'était souvenu qu'à deux reprises au cours des vingt-cinq dernières années, on avait volé le Vermeer de la Russborough House à Dublin, la *Dame écrivant une lettre et sa servante*. Deux vols, m'a-t-il rappelé, organisés par l'IRA. Le tableau n'avait été retrouvé à Bruxelles qu'en 1993. Je l'avais vu pour la première fois à l'exposition de Washington.

– Avec leur foi aveugle dans la vertu magique du trèfle de saint Patrick, ils vont sûrement suivre avec attention le retour de cette précieuse toile de La Haye vers Dublin.

Et avec une petite grimace, exagérant l'accent d'un lutin malicieux :

– L'IRA s'imagine peut-être que grâce à ses sortilèges, elle pourra le voler une troisième fois.

Devançant ma réponse glaciale, il a ajouté :

– Savez-vous pourquoi ces pauvres péquenots ont souffert de la Grande Famine ? Ils avaient planté des pommes de terre, mais ils n'ont pas su retrouver où.

Ha, ha !

J'étais donc dans le coup.

En y réfléchissant aujourd'hui, je suis incapable de préciser le moment où j'ai accepté de participer, pas plus que je ne me souviens avoir dit : « Non, arrête, ne me demande pas ça, impossible. » Ça me paraissait tellement juste, tellement inévitable. Si je dis ça maintenant, est-ce pour me justifier ? C'est vraiment ce que j'ai ressenti. Et c'est seulement quand j'ai commencé à fouiller dans les fichiers informatiques pour venir en aide à Mickey que j'ai compris que j'avais accepté, que je faisais partie d'un complot qui allait contre la loi, que je volais.

J'ai essayé de me voir à travers les yeux de mes collègues de la bibliothèque – quelqu'un d'efficace, de réservé, sans humour, une femme seule, ni passionnée, ni aventureuse. C'était très excitant d'être assise avec eux, de faire mon travail habituel, sachant que j'étais, comme Mickey lui-même, au-delà de tout soupçon. Et c'est au cours de cette conversation avec Fred Lewis, en découvrant par hasard la violence de son mépris pour les Irlandais, qu'il exprimait de façon si inattendue et si personnelle, que j'ai mesuré à quel point j'étais sincère dans mon engagement.

Je sais que Mickey s'est servi de ma passion pour Vermeer. Il avait appris, grâce à des sources que j'ignore, et que je n'ai aucun besoin de connaître, que j'étais experte en ce domaine. Je dois avouer que je suis à la fois inquiète et flattée de penser que Mickey m'a été envoyé pour donner une assise solide au projet de voler un Vermeer et d'en exiger une rançon de dix millions de livres. Il s'est servi de ma passion sur tous les plans. Et je l'ai laissé faire.

J'ai essayé de deviner au mieux ce que seraient les caisses des tableaux, les protocoles d'expédition, plusieurs centaines d'autres détails. Je pense que la plupart de mes informations ont été utiles. Ce qui, dès le début, a fait de moi une complice, j'en ai conscience. Je tiens à le répéter, pour que tout soit clair : j'ai fait chacun de mes pas en toute liberté et en toute lucidité.

Mickey a été très impressionné par mon idée d'une caisse à double fond, avec un compartiment secret, que j'ai fini par lui dessiner après de nombreuses discussions.

– Comment remplacer un tableau authentique par un faux? ne cessait-il de me demander. Et quel serait à ton avis le meilleur moment ?

Quand j'étais enfant, Paddy m'avait offert une petite boîte en balsa, une boîte magique qui faisait disparaître les pièces de cinq cents ou les transformait en pièces de dix cents, et qui fonctionnait sur le même principe. Mon idée était la suivante : fournir une caisse prétendument vide, mais qui dissimulerait déjà le faux tableau, si bien qu'au moment où l'on enlèverait le tableau authentique, le double fond puisse jouer et permettre au faux de s'y substituer. De cette façon, les comptes d'inventaire seraient toujours exacts, mais pendant un laps de temps, la caisse à double fond contiendrait en réalité *deux* tableaux. Il fallait que quelqu'un sur place étudie attentivement les caisses vides de la réserve pour que la nouvelle soit l'exacte réplique de l'originale. Cette fausse caisse demanderait beaucoup plus d'habileté dans la contrefaçon que le faux tableau lui-même.

En ce qui concerne ce faux tableau, il était indispensable, et j'ai beaucoup insisté sur ce point, que le cadre soit, là encore, l'exacte réplique de l'original. Car une fois les tableaux décrochés des murs du Mauritshuis, ils seraient placés chacun avec le plus grand soin dans leurs caisses respectives, faites sur mesure, capitonnées de feutre et numérotées, avec toute sorte de vérifications et de pointages. Les châssis de transport une fois vissés sur les rails encastrés dans les caisses, personne ne prendrait la peine, ou la responsabilité, de les en sortir de nouveau, aussi longtemps qu'il n'y aurait pas de raison de procéder à une vérification, aussi longtemps que rien n'éveillerait l'attention de qui que ce soit.

Et – ce point-là m'enchante –, étant donné qu'un tableau sous verre est très difficile à étudier, un faux parfaitement banal ferait l'affaire. Du niveau des reproductions que tous les musées possédant un Vermeer vendent dans leur boutique de cadeaux. Nous en avons à la Frick Collection, ils en ont au Mauritshuis. La plupart des petits tableaux sont reproduits grandeur nature, sur un support qui a l'apparence de la toile. Les gens les achètent. À la boutique de la Frick Collection, on en vend près de deux cents par an. Pour vingt dollars, on peut s'offrir une reproduction « de luxe » de la *Jeune femme au luth* sur un panneau d'aggloméré, qui a toutes les apparences de l'authenticité. C'est notre reproduction la plus populaire, peut-être justement parce qu'elle est si petite – de la taille d'un sandwich.

La caisse à double fond garnie du faux tableau devait parvenir le plus vite possible au Mauritshuis. Avant la fermeture de l'exposition. Si bien qu'elle serait sur place au moment du décrochage, prête à recevoir la *Jeune femme au luth* que l'équipe du musée croirait placer dans sa caisse normale. Tant que les tableaux seraient accrochés, la surveillance des caisses d'expédition resterait assez lâche. Et la caisse réservée à la

Jeune femme au luth serait l'une des plus petites, donc facile à dissimuler.

On m'a affirmé que la mise en place de cette nouvelle caisse ne posait pas de problème. Nous avions quelqu'un là-bas, une taupe qui faisait partie du personnel d'entretien. Il avait fourni les plans du bâtiment depuis près d'un an. En revanche, faire disparaître l'ancienne caisse s'avérait plus délicat, et Mickey s'en est beaucoup inquiété. Il fallait, disait-il, qu'elle soit détruite ou transformée à l'intérieur même du bâtiment, sinon sa découverte prématurée risquait de tout faire capoter.

J'ai très simplement résolu le problème. Il suffisait de quelques autocollants FRAGILE à placer sur la mention « Queen's Gallery/Buckingham Palace » qui permettait l'identification, d'un pochoir, d'un petit pot de peinture inodore à séchage rapide, d'un pinceau, et le tour serait joué. En quelques secondes, la caisse pouvait recevoir une nouvelle identification, disons : « Städelsches Kunstinstitut, Frankfurt am Main », en n'oubliant pas l'*umlaut*. Puis il resterait à écrire sur la caisse le mot « VIDE », à y inscrire le mot correspondant en allemand, en hollandais, et à ajouter en plusieurs endroits, au crayon gras bleu, 1974 ou quelque chose qui pourrait tromper n'importe qui. Et enfin à placer la caisse tout au fond de la réserve. Je sais à quoi ressemblent les réserves des musées, et même si celle du Mauritshuis est mieux rangée que les autres, personne à mon avis ne s'occuperait de cette caisse pendant des années.

La *Jeune femme au luth* est si petite : à peine quinze centimètres par dix-sept. Si le décrochage du tableau authentique, avec le faux en place dans la caisse, se passait sans incident, il n'y avait aucune raison de penser qu'on s'aperçoive de la substitution avant longtemps. En y réfléchissant, il fallait profiter du moment où les consignes de sécurité seraient les moins contraignantes, où l'on pourrait s'approcher de la caisse sans être remarqué. Pour moi, ce serait à l'aéroport, après la signature par la douane hollandaise des formulaires d'expédition, et pas avant.

Apparemment, mes suggestions ont été utiles.

Mon entente avec Mickey, dès cette première nuit, tient en partie au fait que je n'ai posé aucune question. Au début, si je m'y hasardais malgré moi, il restait silencieux, ce qui me déplaisait profondément. J'ai donc cessé d'en poser. Ce que je ne sais pas ne peut pas me blesser. Ce que je ne sais pas ne peut pas blesser qui que ce soit.

Ils ont réussi. Je crois que le tableau a été enlevé à l'aéroport de Schiphol, dans la zone de fret de la British Airways, mais j'ignore dans quelles circonstances précises. J'ignore si ça s'est passé discrètement ou s'il y a eu affrontement. Il était convenu dès le début que si un gardien survenait au mauvais endroit au mauvais moment, il serait menotté à un radiateur ou à une canalisation, puis bâillonné et aveuglé avec du chatterton. Même s'il comprenait qu'on était en train de voler quelque chose, il aurait du mal à savoir quoi précisément, et la confusion ainsi créée permettrait de gagner du temps. Mais mon idée de ce genre de situation vient essentiellement du cinéma et de la télévision. Je ne sais pas précisément comment ils ont agi, et je ne tiens pas à le savoir. Je préfère croire que tout s'est passé sans heurt.

J'ignore, par exemple, à quel moment le vol sera découvert. Sans doute pas avant que le tableau ne soit sorti de sa caisse à Londres. Ce qui rendra d'autant plus difficile la localisation exacte du crime et la juridiction concernée. Est-ce à cause de ça ? Est-ce à cause de la rançon demandée ? Je ne sais pas, mais jusqu'à présent le vol n'a pas été rendu public.

« Ça a été un succès du tonnerre » m'a dit Mickey au téléphone. Selon ses instructions, à midi pile, j'attendais dans la cabine téléphonique située près du pub de Nolan, en plein centre de Ballyroe, en face de chez O'Mahoney. Mickey, lui, était je ne sais où. Kieran O'Mahoney m'observait de sa boutique. Annie Dunne m'observait de la sienne. Je leur ai tourné le dos, obsédée par l'idée stupide qu'ils pourraient lire sur mon visage la teneur de la communication. La ligne était mauvaise, la conversation a été très brève. C'était la première fois depuis New York que j'entendais sa voix, et j'étais désespérée de ne pouvoir l'entendre davantage.

Mickey m'a donc dit que tout s'était admirablement bien passé. Comme il n'y avait rien eu dans les journaux ni à la BBC, j'ai eu du mal à le croire au début.

Toute seule dans ce cottage, à attendre, jour après jour, pendant cette interminable semaine, j'étais passée par des moments d'exaltation émerveillée face à mon corps, à mon esprit, à la beauté de la nature, et des moments d'affabulation paranoïaque, persuadée que tout ceci n'était qu'une plaisanterie soigneusement mise au point, une mystification dont j'étais la victime. Ou peut-être étais-je abusée d'une autre façon ? Mon appartement de New York était peut-être dévalisé en ce moment ? Mickey était peut-être intéressé par mon argent ? Peut-être étais-je au cœur d'une étrange escroquerie ? Repassant en détail ce qui s'était produit, je finissais par conclure que tout était réel, mais je me demandais alors si je n'étais pas un pion dans un jeu politique extrêmement dangereux auquel je ne comprenais rien.

C'est d'autant plus difficile à croire que j'avais vécu toute l'affaire comme une galéjade, un jeu de rôles, un jeu merveilleux auquel on m'avait demandé de participer et que je trouvais très excitant.

Pendant tout le temps où j'avais préparé mon congé de la bibliothèque pour une durée indéterminée, fait ma valise, réglé mes factures en retard, téléphoné à Pete pour lui expliquer vaguement que je partais visiter l'Irlande avec Mickey, acheté mon billet, où j'étais montée dans l'avion (Mickey avait disparu deux jours plus tôt sans prévenir, ne laissant qu'une phrase murmurée sur mon répondeur disant qu'on se retrouverait « chez nous »), pendant tout ce temps jusqu'à mon arrivée au cottage de Gortbreaċ Cove grâce à des instructions détaillées, j'ai continué de croire que c'était un jeu formidablement excitant, une extravagance.

Et je n'avais eu aucun contact avec l'IRA, Mickey mis à part je veux dire, jusqu'à ce que je rencontre ses trois porteurs de message, l'employé de Telecom Eireann, le retraité grisonnant et la pêcheuse de moules. Si bien qu'aucune de mes activités ne coïncidait avec l'idée que je me faisais des opérations menées par l'IRA (l'image que j'en avais était très cinématographique, du type Harrison Ford se lançant à la poursuite d'hommes encagoulés de passe-montagnes noirs). J'attendais de voir une arme. J'attends toujours de voir une arme.

Mais, ils ont fait ce qu'ils avaient à faire. Je l'ignorais, mais ils l'ont fait trois jours après mon arrivée à Ballyroe. N'ayant aucune nouvelle, je me disais avec inquiétude que l'entreprise avait peut-être échoué. J'étais impatiente. Chaque jour, après m'être persuadée que cette extravagante aventure était réelle, je m'angoissais à l'idée qu'une terrible erreur s'était peut-être produite.

J'ai fini par comprendre, au milieu de la semaine, que je n'avais aucune possibilité de joindre Mickey, aucun contact avec qui que ce soit, que j'étais complètement seule. Je tremblais à l'idée qu'il avait peut-être été blessé. J'ai pris conscience que j'ignorais s'il participerait lui-même à l'opération de La Haye. Sinon, où était-il ? Dans je ne sais quel quartier général souterrain de l'IRA à Belfast ? Au bout de la route, à Rosscarbery ? Je sentais monter ma colère. J'allais faire de courtes promenades. J'avais froid. Je buvais trop de thé. J'écoutais la radio toutes les heures. J'essayais de ne pas m'affoler à l'idée que j'étais à jamais abandonnée à Ballyroe, que je n'aurais plus jamais aucune nouvelle de lui.

Les amis de Mickey ne pouvaient pas prévoir que la police hollandaise, Interpol, Downing Street et les services de renseignement britanniques – qui que ce soit dans cette armée d'agents de sécurité que le vol d'une œuvre d'art appartenant à la reine peut concerner – tiendraient cet événement secret. Je l'ignorais encore, mais au moment où le tableau est arrivé à Ballyroe, la demande de rançon transmise à Buckingham Palace était de dix millions de livres, payables en lingots impossibles à identifier.

Où avait été le tableau pendant les huit jours qui s'étaient écoulés entre le vol et le moment où je l'ai reçu ? Avant de disparaître de New York, Mickey avait brièvement évoqué ces péniches extrêmement confortables ancrées sur l'Amstel, et j'ai pensé que la toile avait peut-être été transportée de La Haye à Amsterdam, mais peut-être pas. Il me vient à l'idée que le grand spécialiste de l'information peut être également un spécialiste de la désinformation.

Étrange de regarder ce tableau sans savoir où il a été, sauf qu'il a parcouru des rues, des villes, des autoroutes, qu'il a traversé le monde – un monde qui prétend en prendre le plus grand soin, mais ignore pourtant qu'il est ici. La *Jeune femme au luth* garde-t-elle sa beauté quand elle est enveloppée de papier bulle, dans une valise Samsonite ?

À l'origine de la production artistique, a écrit Walter Benjamin, il y a des objets cérémoniels. « Ce qui comptait, c'était leur existence, et non pas qu'ils fussent visibles. » Il poursuit : « Aujourd'hui, la valeur de culte semble précisément exiger que l'œuvre demeure invisible [...] ; aux âges préhistoriques, l'œuvre d'art, par le poids absolu de sa valeur rituelle, fut en premier lieu un instrument de magie. »

La *Jeune femme au luth* est un instrument de magie. Peut-être est-elle également aujourd'hui un instrument du changement, un talisman, qui va obliger les puissants à être vigilants et à prendre enfin les bonnes décisions.

Ceux qui ont participé au transport de cette toile n'auraient sans doute aucune réaction personnelle face à elle. S'ils s'arrêtaient un instant pour la regarder dans un musée, rien ne dit qu'ils la trouveraient belle. Sa beauté tient peut-être à la valeur qu'on lui attribue, ou à sa provenance. Peut-être réside-t-elle dans sa valeur symbolique aux yeux de ceux qui ont sans doute risqué leur vie pour porter la valise, ou le paquet, ou le sac, ou quoi que ce soit d'autre qui lui a servi de protection tout au long de son voyage.

Le petit homme d'un certain âge qui me l'a apporté, par exemple, ignorait vraisemblablement qu'il transportait dans sa camionnette un tableau inestimable du XVIIe siècle appartenant à la reine. Faisait-il partie du complot ou n'était-il qu'un simple livreur ? Je l'ignore. Il est arrivé au milieu de l'après-midi, à un moment où tout le monde pouvait le voir. Il s'est trompé de chemin, s'est arrêté pour demander la direction de Gortbreac Cove. À deux reprises, m'a-t-il raconté. Il a endossé son rôle avec plus de conscience que requis, et a attendu jusqu'à ce que je lui donne dix livres pour le remercier de ses efforts.

L'objet qu'il m'a remis n'évoquait en rien une œuvre d'art sans prix. C'était une banale Samsonite grise. J'ai pris grand soin, dès le lendemain, d'expliquer à Kieran O'Mahoney, avec une colère feinte, que cette valise avait été égarée par Aer Lingus et qu'il avait fallu plusieurs jours pour la retrouver. Vous vous rendez compte que la compagnie aérienne a payé un livreur cinquante livres, uniquement pour me la rapporter ! On se demande vraiment comment ils arrivent à faire voler des avions, etc.

Je suppose que celui qui l'a convoyée jusqu'à Cork a dû penser qu'il s'agissait d'armes ou de drogue. Je ne saurai jamais exactement ce qui s'est passé. Peu importe. Le tableau est là. Il m'appartient pour le moment. C'est mon instrument de magie, qui a conduit Mickey jusqu'à moi et qui changera la vie du peuple irlandais.

La reine Élisabeth Ire était beaucoup plus intéressante que la reine actuelle, que Mickey surnomme une fois pour toutes et par dérision Betty Windsor. Pour être tout à fait sincère, quand je pense à Élisabeth Ire, c'est sous les traits de Glenda Jackson, pour qui j'ai une profonde admiration. Ceux qui ont vu cette actrice interpréter ce rôle dans la série télévisée *Masterpiece Theatre* sont sans doute plus nombreux que ceux qui ont vu la véritable reine. Quelle est alors la plus réelle des deux ? De qui parlons-nous quand nous disons « la reine Élisabeth » ?

Je me demande si son tableau manque à la reine. Je me demande si elle sait qu'il a disparu, ou si on ne lui en a rien dit. Je me demande si elle s'intéresse aux tableaux qu'elle possède, à celui-ci en particulier. On n'y voit pas de chien, après tout. Plus sérieusement, je me demande si Betty Windsor a jamais *regardé* ce tableau. Peut-être mérite-t-elle qu'on lui accorde plus de crédit. Quand je m'efforce de le faire, je me dis qu'elle a peut-être eu une longue et passionnante conversation avec… là, j'hésite… disons : avec le célèbre critique d'art Anthony Blunt avant sa mort. Avant qu'il soit démasqué. Il écrivait merveilleusement sur l'art, mais quand je le lis aujourd'hui, c'est plus fort que moi, je ne peux pas m'empêcher de penser qu'il a été pendant toutes ces années un espion soviétique. Cela a-t-il changé sa façon d'étudier une œuvre d'art ? Peut-être pas. Cela a-t-il changé notre façon de lire ses écrits ? Comment pourrait-il en être autrement ?

On peut voir le visage de la reine sur des millions de pièces et de timbres. Il y est imprimé, reproduit comme une œuvre d'art, comme un buste classique grec ou romain. En revanche, le visage qui est en face de moi sur ce petit tableau, ce visage secret, esquissant un sourire qui n'est pas tout à fait un sourire, cette femme sur le point de faire naître de la musique, et qui possède une admirable qualité de présence, est pratiquement inconnue. Elle n'est pas inscrite comme une référence iconographique dans l'esprit des gens ; elle n'est pas aussi réelle.

Peut-être penserais-je autrement si j'étais anglaise, mais je ne crois pas que la reine mérite de posséder cette *Jeune femme au luth*. Comment le pourrait-elle ?

Élisabeth Ire haïssait les Hollandais, qu'elle appelait « les grosses mottes de beurre ». Le roi Jacques Ier les haïssait sans doute tout autant. Son épouse, Anne de Danemark, préférait, selon le comte de Salisbury, la compagnie de ses tableaux à celle des humains. Au XVIIe siècle, le roi Charles Ier et les membres de sa famille se sont plu à poser pour les peintres hollandais. Et n'ayons garde d'oublier Guillaume III, ou Guillaume d'Orange, né à La Haye, dont Van Dyck a peint le portrait (la maison d'Orange règne toujours sur la Hollande) et qui fut à l'origine des Troubles, en 1690, après qu'il eut vaincu son beau-père catholique, le pauvre vieux roi Jacques II, à la bataille de la Boyne.

C'est vraiment révélateur, quand on y songe, qu'en souvenir de cette bataille, les Anglais aient nommé une fleur « Sweet William* », tandis que les Irlandais baptisaient une mauvaise herbe nauséabonde « Stinking Billy ».

---

* Jeu de mots sur le prénom Guillaume qui, en anglais, se dit William et s'abrège en Billy. *(Note de la traductrice.)*

Quand, en 1762, George III a acheté la *Jeune femme au luth* pour l'inclure dans son importante collection de peintres hollandais, elle était attribuée à Frans Van Mieris. Vermeer est donc entré dans la collection royale par accident. L'erreur s'est prolongée jusqu'au XXe siècle. Un catalogue du XIXe siècle consacré à la collection royale – nous en avons un exemplaire à la Frick Collection – décrit cette sublime petite peinture comme « maladroite, sans goût, le personnage trop en arrière ».

Oh ! Ces aristocrates anglais ! Même quand ils sont incapables d'estimer ce qui est beau et précieux, ils bafouent et possèdent. Cette fois, c'est fini. Terminé. Aucun de ces Orangistes qui défilent chaque 12 juillet avec leurs écharpes ridicules ne changera jamais ce que savent et ce qu'éprouvent les Irlandais. Et la victoire de la *Jeune femme au luth* sera notre victoire.

31 janvier, bourrasques, âpre, dégagé

Deux jours plus tard. Quelque chose s'est passé ce matin, qui n'aurait pas dû.

Après m'être réveillée de bonne heure, bien avant le lever du soleil (qui, dans ces mois sombres et courts, n'a jamais lieu avant huit heures) et avoir lu un bon moment, j'avais décidé de préparer des toasts pour mon petit-déjeuner tardif, ce qui est une entreprise fort délicate dans la cuisine du cottage. J'ai parfois l'impression de ne disposer que d'un feu de camp. Je m'en accommode, mais il faut rester très concentrée, tourner les toasts dans le four et surveiller la deuxième face, qui brûle très vite, surtout quand il s'agit d'une épaisse tranche de pain noir irlandais.

Je lisais *Le Livre des aveux* de John Banville, que j'ai acheté à l'aéroport de Dublin le matin de mon arrivée. Un roman dont m'avait parlé l'un de mes collègues de la Frick et que j'avais l'intention de lire de toute façon. J'en ai lu environ les deux tiers entre hier soir et ce matin. Au moment où Mary Carew est arrivée à la porte, je me sentais plutôt mal à l'aise. *Le Livre des aveux* raconte l'histoire d'un homme qui tue brutalement quelqu'un au cours du vol d'un tableau qui l'obsède – un portrait hollandais dans le genre de Rembrandt, ou peut-être de Frans Hals. J'avais l'impression d'un message qui m'était adressé et j'étais inquiète.

Mary Carew m'a appelée au moment où je me trouvais dans la cuisine. J'avais laissé la porte ouverte parce que la journée s'annonçait relativement douce, avec un pâle rayon de soleil brumeux, mais aussi parce que le four fumait légèrement. Un peu de graisse fondue s'y était déposée la veille au soir pendant que je faisais rôtir le plus savoureux des poulets fermiers de ma vie.

Je dois ajouter qu'avant de préparer mon petit-déjeuner, j'avais longuement étudié la *Jeune femme au luth* à la lumière du petit jour et que je ne l'avais pas remise dans sa Samsonite. Ça peut paraître absurde, mais j'ai parfois l'irrésistible envie de lui offrir un peu d'air et un peu d'espace, comme si elle avait besoin de respirer, comme si un tableau pouvait éprouver quelque chose, comme si elle souffrait de claustrophobie. J'avais enlevé le verre, comme toujours quand je la regarde. Tout ceci pour dire que j'avais laissé le tableau dans la pièce centrale du premier étage, appuyé contre le dossier d'une chaise.

– Bonjour à vous, Patricia. Je peux entrer ?

Mary avait passé la tête par l'entrebâillement de la porte.

– Je vous ai apporté des scones tout chauds et un petit pot de ma gelée de mûres. Des mûres que j'ai cueillies chez vous, en septembre dernier, je veux dire chez ce pauvre Denis, que

Dieu ait son âme. Les plus sucrées de tout Gortbreac, qui poussent là, vous voyez, près de votre porte. Denis était fou de ma gelée de mûres. C'est qu'il aimait les sucreries, ce brave homme.

Elle a discrètement frappé le cadre de la porte d'un doigt ganté de laine, comme pour légitimer rétroactivement son intrusion.

Je l'ai accueillie sans réfléchir – comment faire autrement d'ailleurs ? Elle avait déjà franchi le seuil et tendait vers moi, comme un ticket d'entrée, un petit sac en plastique de chez O'Mahoney contenant les scones et la gelée. Je l'ai remerciée, j'ai posé le sac à côté de l'évier et je lui ai proposé une tasse de thé. Elle m'a répondu qu'elle ne voulait pas me déranger, ce qui, je l'ai appris de Mickey, voulait dire : oui.

Elle a enlevé son vieux ciré, un long manteau vert de fermier, qui gardait une odeur de champ cultivé et avait dû appartenir à son défunt mari. Elle l'a accroché au portemanteau qui est derrière la porte, et j'ai compris qu'elle était déjà venue dans ce cottage en d'autres occasions. Elle s'est assise à table, regardant attentivement autour d'elle, pendant que j'ébouillantais la théière, y versais la dose exacte de feuilles, attendais le sifflement de la bouilloire et, toujours comme me l'a appris Mickey, laissais l'eau arrivée ainsi à ébullition reposer un instant avant de la verser sur les feuilles. Mary a déclaré que c'était rarissime de rencontrer une Américaine capable de préparer une bonne tasse de thé, et j'ai répondu que je tenais ma science d'un grand-père irlandais, ce qui est absolument faux – Paddy n'a jamais été un grand buveur de thé. C'est à ce moment-là que les toasts ont pris feu.

Quand la fumée envahit une cuisine, le temps qu'on réagisse, on a obligatoirement une impression de décalage. Cette fumée dont on prend soudain conscience, elle était déjà là sans qu'on y ait prêté attention. Un nuage gris flottait donc en s'épaississant, à la manière d'un véritable brouillard. J'ai enveloppé ma main gauche dans un vieux torchon et ai ouvert le four. Une fumée noirâtre a jailli et j'ai aperçu des flammes. En quelques secondes, j'ai atteint la porte de la cuisine et ai jeté la grille dehors, où les deux morceaux de charbon incandescents qu'étaient devenus mes toasts ont fini de brûler.

– Dieu soit loué, Patricia, vous avez des réflexes de jeune fille ! a soupiré Mary derrière moi, en agitant comme un éventail *Le Livre des aveux* pour dissiper la fumée.

Il était resté sur le plan de travail où je prends chaque matin mon petit-déjeuner. Cela peut paraître étrange, mais quand un livre me passionne – ou me bouleverse –, je lis souvent debout.

– Mais regardez-moi ça, votre jolie main !

J'avais en travers de la paume gauche une longue marque, comme une ligne de vie marquée au fer rouge. L'étoffe du vieux torchon était trop mince et la grille m'avait brûlée. Au moment où je m'en suis aperçue, ça a commencé à me faire mal.

– L'eau froide vous fera du bien, m'a dit Mary en m'entraînant vers l'évier.

Je suis restée quelques minutes ainsi, la paume ouverte sous le robinet. Mary m'a alors demandé si j'avais des « emplâtres ». Je ne savais pas de quoi elle parlait. J'ai cru qu'elle voulait m'appliquer une sorte de cataplasme de son cru. Je lui ai demandé ce qu'elle entendait par là. Elle n'a pas répondu. Je croyais qu'elle était toujours derrière moi. Le bruit de l'eau m'empêchait d'entendre ses mouvements. J'ai répété ma question :

– Ce que vous appelez « emplâtres », c'est quelque chose comme un pansement ?

J'ai fermé le robinet et me suis retournée. Elle n'était plus là. J'ai entendu le plancher craquer au-dessus de ma tête. Puis je l'ai entendue redescendre.

– Il faut toujours avoir des « emplâtres » chez soi, Patricia, m'a-t-elle grondée en posant précautionneusement un pied sur le sol inégal de béton. Regardez ce que j'ai trouvé. Une vieille taie d'oreiller dans l'armoire du palier. Personne ne s'apercevra de sa disparition. Je vais la déchirer en petites bandes pour recouvrir la plaie et vous irez acheter des « emplâtres » chez O'Mahoney. En même temps qu'un tube de pommade pour éviter l'infection. Oh ! Ça enfle un peu. C'est douloureux, mon chou ?

Mon cœur battait à tout rompre. J'essayais de balbutier une réponse. La brûlure me faisait très mal, mais j'étais complètement paralysée à l'idée que Mary avait peut-être vu le tableau. J'essayais d'imaginer son trajet. Si elle avait tourné tout de suite à droite pour prendre la taie d'oreiller dans l'armoire, elle n'avait rien vu. Mais Mary est une fouineuse. Comme la plupart des gens du village, elle est curieuse des travaux d'aménagement qui ont été réalisés dans le cottage. Et c'est très petit : quelques pas, et on a tout découvert.

– Vous êtes toute blanche, Patricia, m'a-t-elle dit brusquement. Vous n'allez pas vous trouver mal, au moins ? Venez vous asseoir.

Nous avons pris place dans le salon, sur les deux chaises en bois très inconfortables que Nora appelle des « chaises de bouffon », devant le feu éteint. Je laisse toujours mes feux s'éteindre. Je n'ai pas le coup de main pour les entretenir pendant la nuit. Nora m'a pourtant expliqué deux fois comment faire. Un courant d'air dans le conduit agitait les cendres.

– Ça va, Mary. J'ai l'impression que ça va. Très bien, vraiment.

J'essayais de prendre une voix normale – mais pouvait-elle l'être ? Mes mots sonnaient faux, comme un mensonge.

Mary déchirait la vieille taie d'oreiller en longues bandes. Elle m'a très soigneusement entouré la main avec l'une d'elles, puis elle a attaché les deux bouts en un beau nœud.

– Voilà, a-t-elle murmuré. Matthew Walker va garder ça au frais.

– Qui ça ?

– Oh ! Matthew Walker. C'est le nom d'un nœud, l'un des nœuds de marin que George préférait. Celui qu'on fait quand on réunit les fils de caret au bout d'un cordage, mon chou. Je m'en suis beaucoup servie pour les pansements pendant la guerre. Je conduisais une ambulance, vous savez. Fallait que je sois bonne en pansements.

Ça m'a étonnée sur le moment, bien qu'à la réflexion, vu son âge, ce n'était pas surprenant. L'Irlande était neutre, bien sûr (pas question de se battre aux côtés des Anglais). Mais Mary n'habitait pas encore ici.

– Vous avez été au front ?

– Oh ! Non. Je n'ai pas été à la guerre. C'est la guerre qui est venue à moi. J'étais à Londres pendant le Blitz. C'est du passé, Dieu merci ! Bien qu'il soit aujourd'hui encore possible de voler en éclats si on se trouve au mauvais endroit au mauvais moment. Pour être franche, je préférerais faire un voyage dans l'un de ces pays arabes où ils n'arrêtent pas de se chamailler, plutôt que de mettre les pieds chez Harrods.

Elle a secoué légèrement la tête, comme un chien qu'agace une mouche. Elle semblait troublée. J'ignorais toujours ce qu'elle avait pu voir au premier étage.

– Et alors, mon chou, cette main ?

– Ça va. Tout à l'heure j'emmènerai Matthew Walker faire un petit tour au village. J'achèterai des pansements et de la pommade antibiotique. Ça fait mal, mais c'est supportable. Pas de quoi en faire un plat.

Mary a été sur le point de dire quelque chose, mais elle s'est ravisée. J'ai compris que je n'avais aucune envie de l'entendre parler du tableau – j'étais terrifiée à cette idée. Et pour lui couper la parole, pour l'empêcher de me révéler ce qu'elle avait vu, je me suis mise à bafouiller.

– Merci, Mary, vraiment merci. Je suis tellement touchée de tout ce que vous avez fait pour cette blessure. Je me sens vraiment ridicule d'avoir laissé brûler les toasts. Et voilà que votre thé est froid.

J'étais agitée. Je me disais qu'avec un peu de chance, ce n'était qu'une fausse alerte.

– Comment appelez-vous ça, vous les Amerloques ? *Spara-drap* ?

Elle a fait un tel effort pour imiter l'accent américain que nous avons ri toutes les deux. Elle est allée remplir la bouilloire à la cuisine et l'a mise à chauffer pour remplir une nouvelle théière, en insistant pour que je reste assise devant le feu éteint. J'ai pensé à Mickey, à la différence de nos langages, à nos discussions de New York constamment interrompues pour relever les différences de vocabulaire entre l'anglais et l'américain. Penser à lui m'a fait sentir à quel point il me manquait, mais en même temps, j'ai recommencé à paniquer. Si Mary avait vu le tableau, Mickey serait furieux. Jamais jusqu'ici il n'avait été furieux contre moi. J'ignorais ce qu'il ferait. Mais qu'avait-elle vu ?

– Vous avez là-haut une bien jolie petite chose, Patricia.

Debout à la porte du salon, elle avait dit ça calmement, en essuyant une tasse à thé avec un torchon, si doucement que j'ai cru que ses mots flottaient dans ma tête, qu'elle ne les avait pas vraiment prononcés. Elle a continué, de la même voix assourdie, comme on raconte une histoire à un enfant pour l'endormir :

– Figurez-vous qu'à dix-huit ans, j'ai été présentée à la cour. Lord Samuel Swift, chancelier de l'Échiquier, était mon oncle, le frère de ma mère. Vous n'avez sans doute jamais entendu son nom. C'est un jour inoubliable pour moi. Un tel raffinement partout. L'uniforme des gardes, si beau. Et les tasses à thé, si fines, si fragiles, comme des pétales de fleurs. Et les tableaux aux murs.

Je l'ai dévisagée. Elle m'a dévisagée. Elle semblait désappointée. Je ne savais pas quoi dire. Je ne parvenais pas à imaginer comment elle me voyait à cet instant, quelles pensées elle me prêtait. Et qu'étais-je en train de penser ? Que je venais de compromettre quelque chose de très important. Que ma négligence avait tout mis en danger.

J'ai essayé de me lancer dans une sorte d'explication, quelque chose de raisonnable, qui effacerait sa première impression, l'entraînerait dans une direction différente, mais elle m'a interrompue sèchement, les yeux baissés, évitant les miens.

– Vous ne me devez aucune explication. Ce que vous avez là-haut, comment vous l'avez eu, ça ne me regarde pas. Après toutes les années que je viens de passer dans ce trou de campagne, si j'ai appris une chose, c'est à tenir ma langue. Ne me dites rien et je ne saurai rien.

Elle est retournée à la cuisine. Je l'ai entendue préparer le thé. Elle est revenue, tenant une tasse pleine à ras bord qu'elle m'a délicatement posée dans la main droite.

– Je vous ai mis un nuage de lait. Buvez tant que c'est chaud, Patricia, ça vous apaisera.

Elle ne me regardait toujours pas.

– J'espère que vous allez soigner sérieusement votre brûlure. Promettez-le-moi, mon chou. Si vous avez besoin de quoi que ce soit, dites-le moi. Maintenant, si vous le permettez, je m'en vais. Non, non, surtout ne bougez pas.

Elle a décroché son ciré et elle est partie.

Je me suis préparée pour sortir. C'était la seule chose à faire. De toute façon, j'avais besoin de pansements et de pommade pour ma brûlure. J'ai donc rangé la *Jeune femme au luth* dans la valise que j'ai remise dans l'armoire, j'ai tout fermé à clé avec le plus grand soin et j'ai pris la direction du village. Le soleil était jaune citron, pâle, trop lumineux pour cette journée-là de toute façon. En chemin, j'ai croisé Nora avec ses vaches et j'ai enfoncé ma main brûlée dans ma poche pour éviter d'avoir à en parler.

– Encore une journée de faux printemps, a-t-elle annoncé en donnant sans raison précise un grand coup de bâton sur le cul boueux d'une de ses bêtes. N'y faites pas attention. Avant la fin de la semaine, ça va tourner à l'orage. Et vendredi, on reçoit quelqu'un de l'I.A.

J'ignorais ce qu'était l'I.A., et elle m'a expliqué qu'il s'agissait du service d'insémination artificielle pour les vaches.

– Ce n'est pas au printemps qu'elles vêlent ?

Ma main m'élançait. J'avais posé la question machinalement, et maintenant il fallait que j'attende la réponse.

– Dans la nature, oui, mais pas pour l'I.A. Hugh O'Keeffe a eu une paire de veaux dimanche dernier. Autrefois, les vaches vêlaient toutes en même temps. Aujourd'hui, c'est quand ça vous arrange. Une à tel moment, une autre à tel autre. On espace très facilement les naissances. Et on se passe du taureau. C'est moderne. Si on pouvait faire pareil pour les femmes, la moitié du pays aurait ses enfants de la même manière. Et on ferait sans les hommes.

Kieran O'Mahoney s'est beaucoup intéressé à ma brûlure et aux médicaments que je lui ai achetés, mais il ne m'a posé aucune question directe, et pour déjouer ses ruses habituelles, je n'ai répondu que par haussements d'épaules et monosyllabes. Ce que Pete appelle « prendre la conversation en vol et se la fourrer dans la poche ».

Ma pommade antibiotique, qui m'avait l'air destinée au bétail, et ma boîte de pansements en poche, j'ai cherché à mettre de l'ordre dans mes idées. J'avais mal à la tête. J'aurais dû acheter de l'aspirine. Alors que c'est déjà difficile pour moi dans des circonstances ordinaires de savoir ce que je ressens, là, je ne savais vraiment pas ce que j'éprouvais. J'étais submergée par la peur et la culpabilité. Comment avais-je pu commettre une telle imprudence ?

Cet interminable aller et retour m'avait épuisée. Je n'avais qu'une envie : me coucher et dormir. L'amoncellement des nuages obscurcissait le ciel. J'avais froid. Une petite bise aigrelette, qui ne soufflait pas quand j'étais partie, s'était levée. J'aurais dû mettre une veste plus chaude par-dessus mon chandail. Tout était gris. Arrivée en vue du cottage, je me suis sentie soulagée.

J'ai eu un problème avec la clef. La serrure ne fonctionnait plus. J'ai essayé une seconde fois. La poignée a tourné toute seule et la porte s'est ouverte de l'intérieur. Quelqu'un était là.

J'étais terrifiée.

Et j'ai entendu le rire de Mickey.

Je me suis mise à pleurer quand il m'a prise dans ses bras. J'étais tellement heureuse qu'il soit enfin là et je mesurais en même temps à quel point j'avais été seule.

– Alors ? Tu te sens comment ? m'a-t-il demandé d'une voix moqueuse.

Il m'a tenue longtemps devant lui, m'a examinée de la tête aux pieds, de mes cheveux sales à mes bottes boueuses, en passant par les parties intermédiaires de mon corps vêtues de laine et de flanelle :

– On dirait vraiment quelqu'un du pays.

Nous sommes restés dans les bras l'un de l'autre, debout, silencieux, immobiles. Je ne pouvais pas croire qu'il était vraiment là. Je le trouvais trop grand, anormalement imposant et déplacé dans cette pièce du cottage, là, à quelques kilomètres de son village natal. Il paraissait crevé. Et plus vieux. J'ai touché son visage. Il m'a saisi la main, m'a regardée avec une gravité infinie. *C'était donc cela d'être percée à jour.*

– Ton poulet rôti était admirable, a-t-il murmuré en m'embrassant les cheveux. J'espère que ça ne t'ennuie pas, mais je l'ai fini. Je n'ai pas mangé grand-chose depuis trois jours. Pas beaucoup dormi non plus.

– Oh ! Mickey, je vais te cuisiner de bons petits plats. Où étais-tu ? Qu'est-ce que tu as fait ? Où en est-on ?

Silence.

– Oh ! Et puis merde !

Je me suis brutalement dégagée. Nous étions encore loin l'un de l'autre après une si longue séparation, complètement déconnectés.

– D'accord, ne dis rien. Ni où tu étais, ni où on en est. Je ne mérite pas qu'on me fasse confiance.

– Patricia !

– Quoi ?

– Pardonne-moi. J'ai passé les trois dernières nuits dans un véritable taudis, à sept kilomètres d'ici. Ça n'était pas très confortable, et j'ai tant de choses en tête.

J'ai eu honte de mon relatif confort, de mes privilèges, de mon manque de responsabilités, honte de l'avoir brusqué. Je me suis alors précipitée dans ses bras.

– Ne me mets pas la pression, Patricia. Nous sommes un peu nerveux, toi et moi.

– Quand Paddy n'était pas dans son assiette, il se sentait, disait-il, comme un chat à longue queue dans une pièce pleine de rocking-chairs.

Mickey m'a serrée contre lui avec un petit grognement de plaisir. Le découvrir ici sans crier gare, me disputer avec lui – j'ai eu envie de lui violemment. Nous nous sommes embrassés, vite, embrassés de nouveau plus sérieusement, plus intensément. Il a murmuré : « Ta petite chatte chaude m'a manqué. » Et j'ai fondu. J'ai glissé mes mains sous sa chemise, je me suis mise à fouiller dans son pantalon. J'ai senti les siennes sur moi, qui tâtonnaient avec une terrible impatience à travers mon pull, mon chemisier, mon jean, mes collants. Il a fini par s'écrier, en arrêtant de m'embrasser :

– Nom de Dieu, Patricia ! Tu as complètement disparu sous tes couvertures de cheval !

Nous avons fini de nous déshabiller en montant l'escalier.

J'ai été tirée d'un profond sommeil par le bruit de la pluie qui tambourinait sur le toit. Il faisait nuit et froid, et j'avais faim. J'ai remonté les couvertures sur Mickey, qui paraissait dormir à vingt mille lieues sous les mers, du sommeil comateux de ceux qui sont à bout de forces. Je suis descendue dans la cuisine. J'ai fait du thé. J'ai avalé un œuf dur et la plupart des scones que Mary m'avait apportés – nous n'avions pas dîné –, puis j'ai essayé de réfléchir calmement.

J'ignore le genre d'avenir que je peux attendre de Mickey. J'ignore ce que nous avons en commun. Une complicité profonde, mais qui n'a peut-être pas sa place dans le monde réel. J'en suis consciente. Pendant les quelques heures que nous venons de vivre, nous avons pénétré ensemble dans un univers qui n'est qu'à nous, où les mots ne comptent pas, où la politique ne compte pas, où rien n'existe que l'éclatante et glorieuse évidence de ce qui nous unit. Nous nous connaissons mal l'un et l'autre, mais notre modeste perception de l'autre est d'une telle profondeur que le détail de ce qui s'est réellement passé ces dernières semaines cesse de m'importer, car je sais avec quelle immense et complète vérité mon corps et mon esprit ont rejoint le corps et l'esprit de Mickey. Nos rencontres sont d'une rareté et d'une perfection absolues.

Il faudra, dès demain matin, je le sais, lui avouer que Mary a vu le tableau. Ma solitude a été une suite de moments très simples. La présence de Mickey en a compliqué la simplicité en un instant. Ce journal, par exemple. Je ne veux pas qu'il le découvre. Il va donc falloir que je biaise et je n'aime pas ça. Je suis soulagée que Mickey soit là, mais je crois que ma solitude va me manquer.

Je viens de passer près d'une heure à regarder le tableau. Il est tard. J'essaie d'analyser ce qui, depuis mon enfance, m'attire vers les intérieurs hollandais – le sentiment de sécurité, le sens de la résolution, une exactitude, une précision, une vénération de l'ordre, une célébration de la vie quotidienne : ce que Cartier-Bresson appelle « la décision de chaque instant ». Il est vrai qu'un tableau peut contenir une connaissance, une information, une magnifique information. Mais Vermeer ne s'est jamais contenté du contenu. Il voulait capturer le visible – les couleurs, la véritable situation, et non pas la simulation, d'un tapis sur une table. Il ne peignait pas seulement la chose que nous regardons, mais la tache, le reflet de lumière accroché aux limites de ce que nous voyons.

Il ne peignait pas seulement ce que nous discernons, mais la façon dont nous le discernons.

J'ai toujours eu envie de vivre dans les chambres peintes par Vermeer. Ici, sur cette côte sauvage, je les ai habitées. J'ai passé tellement de temps, autrefois, à essayer d'appréhender maladroitement la vie, à tenter de la définir. Pendant le temps que j'ai passé ici, je me suis sentie totalement présente, totalement vivante.

Pendant que j'écrivais ma thèse, j'ai découvert une très belle observation faite par Henry James sur ses voyages en Hollande : « Quand on regarde un paysage, on a l'impression de voir un tableau, et quand on regarde un tableau, on a l'impression de voir un paysage. Est-ce vraiment un bord de canal à Haarlem ou un Van der Heyden ? Dans la rue, les servantes semblent s'être échappées d'un tableau de Gérard Dou et être prêtes en même temps à y retourner. »

Jamais je ne connaîtrai cette femme – ni son nom, ni la musique qu'elle joue. Jamais je ne saurai ce qu'elle aime manger, si elle a des enfants. Elle reste silencieuse. Mais je suis parvenue à parfaitement savoir ce qu'elle représente. Et je lui suis reconnaissante de ce qu'elle m'a donné, de ce qu'elle m'a appris sur la constance et sur l'intégrité. À travers elle, je suis parvenue à mieux me connaître, à mieux comprendre le monde. Il faut que je m'invente une façon de vivre dans mes propres chambres. Je commence à mesurer mes forces en même temps que mes faiblesses. Il se trouve que quelques-unes de mes forces *étaient* mes faiblesses.

Je ne sais pas combien de temps encore elle sera à moi. Puisque Mickey est là, c'est peut-être la dernière fois que j'ai le privilège et le plaisir sans prix de cette communion. Ce sera un moment douloureux que celui de notre séparation. Parfois la vie semble n'être rien d'autre qu'une suite de pertes, du début à la fin. Et c'est là ce qu'il faut inventer pour nous permettre d'avancer : la façon de répondre à ces pertes, de disposer de ce qui nous est laissé.

1er février, très sombre

Ce matin, on a trouvé Mary Carew couchée dans la paille de son poulailler, la tête contre le seau de bouillie de grains qu'elle apportait à ses poules. Elle était morte. C'est Hugh O'Keeffe, son voisin, qui l'a découverte. Il revenait comme chaque jour de promener son nouveau chien de chasse (un braque allemand à poil ras et à l'air méchant). Les poules de Mary faisaient un tel vacarme qu'il s'est arrêté pour jeter un coup d'œil, pensant qu'elles étaient terrifiées par l'intrusion d'un chien ou d'un renard. Elles s'étaient réfugiées toutes ensemble au fond du poulailler, sur un vieux banc dont Mary m'avait dit un jour qu'il venait de sa cuisine avant qu'elle ne fasse tout refaire en formica, il y a quelques années. Les gens pensent que son cœur a lâché. Elle souffrait depuis longtemps de problèmes cardiaques. Elle venait d'avoir soixante-dix-neuf ans – un bel âge.

C'est Nora qui a cogné à ma porte avant le lever du jour pour m'apprendre l'horrible nouvelle. Elle était tellement bouleversée qu'elle se noyait dans les détails – la veillée funèbre, l'enterrement, tout ce que le neveu de Mary lui avait demandé de faire –, et elle restait là, parlait en se tordant les mains avec une sorte de frénésie, jusqu'au moment où elle s'est écriée :

– Oh ! Regardez-moi ça ! Je tricote, je tricote, mais je n'ai pas de pelote de laine…

Mickey dormait toujours et moi, j'étais aussi contrariée que nerveuse, debout sur le seuil de la porte, nue sous ma robe de chambre que je tenais fermée à deux mains. Tout le temps que Nora est restée, je me suis inquiétée à l'idée qu'il m'appelle ou descende l'escalier. J'ignorais s'il voulait qu'on connaisse sa présence ou s'il fallait qu'elle reste secrète.

Alors que l'horreur des mots de Nora ravageait ma tête telle une vague d'eau glacée, je prenais conscience que je ne savais rien des intentions de Mickey. Nous n'avions échangé que quelques paroles la veille au soir après avoir monté l'escalier et elles ne concernaient en rien son programme.

Nora m'a demandé si je pouvais prendre mon tour de garde, la nuit prochaine, près du corps de Mary. Et elle est partie en courant traire ses vaches.

Le neveu l'avait apparemment chargée de tout organiser. J'étais un peu perdue par son flot de paroles, nous étions toutes les deux très émues, mais j'ai compris qu'il y aurait d'abord une sorte de veillée funèbre cette nuit, puis un service religieux demain, et que l'enterrement aurait lieu au cimetière protestant de Clonakilty où, depuis 1944, le malheureux George Carew dormait seul dans leur tombe à deux places.

Ma main tremble en écrivant ces mots. Je m'arrête. Je vais mettre ce journal de côté, préparer le petit-déjeuner et réveiller Mickey, si l'odeur des œufs et du bacon frit n'y suffit pas. Il faut qu'on parle.

Je suis tenaillée par la peur, la terreur d'avoir provoqué la mort de Mary. Suis-je en train de perdre la tête ? Que se passe-t-il exactement ? Que je sois en deuil d'une vieille femme que j'ai un peu connue et qui a été trouvée morte, c'est naturel. Mais d'où vient l'étrange impression que je suis en deuil de quelque chose de beaucoup plus important encore ?

3 février, temps variable

Je suis une idiote. Une idiote naïve. Tant de choses sont arrivées en deux jours. J'écris dans ce cahier pour la dernière fois. Je vais essayer de raconter les choses comme elles se sont déroulées.

Les œufs au bacon étaient cuits à point quand j'ai aperçu Mickey au pied de l'escalier, habillé comme la veille. Il me regardait sortir le lait du petit réfrigérateur, sous le plan de travail. Il m'a fait sursauter. Étrange façon qu'il a de glisser sans bruit d'un endroit à l'autre, comme un chat. Il était environ neuf heures.

Il a souri en apercevant – quoi exactement ? moi ? la nourriture ? –, puis il s'est posté derrière moi et m'a prise dans ses bras alors que j'avais une bouteille de lait à la main. J'ai versé le lait dans sa tasse de café et nous nous sommes assis. Il a dévoré son petit-déjeuner et le plus gros du mien. Je n'avais pas faim. J'ai failli, une fois de plus, oublier les toasts, mais Mickey m'a dit en reniflant qu'il sentait une odeur de brûlé, et j'ai bondi juste à temps pour les sortir du four. Je n'ai même pas eu besoin de les racler avec un couteau. J'avais l'impression de jouer un rôle. Des mots me venaient à l'esprit, mais ils restaient figés dans ma poitrine. Comment ne voyait-il pas qu'il était arrivé quelque chose de grave ?

– Il n'y a pas un peu de confiture ? m'a-t-il demandé d'une voix gourmande, en se penchant au-dessus de la table pour essuyer avec un morceau de toast les dernières traces de jaune d'œuf qu'il y avait dans mon assiette.

Sans un mot, je suis allée chercher la gelée de mûres que Mary m'avait apportée, et qui était là, dans son petit pot, sur le plan de travail, ignorant ce qui s'était passé. Je l'ai posée avec soin sur la table, devant Mickey, sans pouvoir retenir un petit cri de désespoir, monté de ma poitrine vers le fond de ma gorge. Il a levé les yeux. Nous nous sommes regardés. Je ne le connaissais pas. Je ne connaissais pas cet homme dont la semence avait à peine coagulé entre mes jambes. Il m'a saisi le poignet, celui de ma main blessée, qui portait encore un pansement en travers de la paume. J'étais là, debout, le regardant. Il avait au coin de la bouche une tache de jaune d'œuf. L'effroi teinté d'espérance que j'avais éprouvé ces dernières minutes semblait s'être fondu en une terrible détresse glacée.

– On était obligés, tu comprends, m'a-t-il dit, si doucement, si tendrement, si raisonnablement.

Je le savais.

– Pourquoi ?

– Oh ! Patricia, ne sois pas naïve. Pourquoi ? Parce qu'elle l'aurait dit à quelqu'un. Parce que, quelles que soient ses sympathies, elle aurait gâché nos plans. Parce qu'elle aurait mis plusieurs vies en danger, dont la tienne.

Je ne pouvais que le regarder sans bouger. Il a continué.

– Je suis *vraiment* désolé, tu sais. À partir du moment où le tableau était ici en sûreté, je ne pensais pas qu'il y aurait du sale boulot. Je le regrette profondément. Il faut être plus prudente, Patricia.

À mesure qu'il parlait, j'entendais le sang cogner dans ma tête. Je me sentais mal, j'étais brûlante et glacée, une nausée montait peu à peu dans ma gorge.

J'avais inventé Mickey car j'en avais besoin. De toute évidence, il n'avait jamais existé. Michael O'Driscoll, de Rosscarbery, celui qui était assis devant moi, était en revanche parfaitement réel.

– Comment as-tu su qu'elle avait vu le tableau ?

Cela semblait dément d'avoir cette conversation, dément de parler de quelque chose d'aussi brutal en prenant le petit-déjeuner. Je ne tenais plus debout. Je me suis tassée sur ma chaise, en la tournant de manière à ne pas voir Mickey.

Il a agité la main et a fait le tour de la pièce pour me montrer – me montrer quoi ? Je n'arrivais pas à comprendre. Et brusquement, j'ai saisi.

– Vous avez mis le cottage sur *écoute* ? Vous m'avez *écoutée* ?

Mickey a haussé les épaules en beurrant un autre toast.

– Une mesure normale de sécurité, sans rien de personnel, a-t-il dit calmement. Entre nous, quand tu chantonnes dans ta baignoire, tu es adorable.

Et il a sifflоté les premières mesures de *King of the Road.* Je me suis sentie humiliée jusqu'à l'os.

– Je ne peux pas y croire.

Qui nous écoutait en ce moment même ? Dieu seul le savait. J'ai senti la chair de poule envahir mon dos et mes bras. Mickey s'impatientait.

– Je suis désolé. Tu t'es fait un peu avoir ; tu vas lécher tes plaies et me traiter de tous les noms d'oiseaux que tu voudras, et ce sera mérité. Mais dépêche-toi, parce qu'on a une affaire plus importante à régler.

– Non. Attends.

Ma voix était comme celle de quelqu'un d'autre, qui se serait tenu derrière moi.

– J'ai besoin de savoir quelque chose.

Il m'a fait comprendre d'un signe de tête qu'il écoutait.

– Mickey, qui *es-tu* ? Qu'est-ce qui est réel ? Qu'en est-il de… de nous ? De la nuit dernière ? Est-ce que c'était important pour toi ? Ou est-ce que c'était seulement une partie de ton plan ?

Je haïssais cette voix plaintive que j'avais, ces clichés, l'idée que les amis de Mickey puissent nous écouter.

– Ne sois pas innocente, Patricia. Non. Attends. Laisse-moi aller jusqu'au bout.

J'avais été sur le point de quitter la table.

– Tu me demandes ce qui est réel. Laisse-moi répondre. Ce qui est réel, c'est le plan.

Il parlait lentement, choisissait ses mots avec soin.

– Le châtiment, l'injustice à réparer, voilà pour moi la seule réalité certaine. Je suis tombé amoureux de toi et je ne m'y attendais pas du tout, mais c'est arrivé. C'est donc réel, ça aussi. Nous avons fait du chemin ensemble. Je ne l'ai pas du tout cherché, même si ça faisait longtemps que j'étais seul, mais quand tu es venue…

– Comment suis-je venue ? De quelle façon exactement ?

Jamais je ne l'avais demandé à Mickey. Il m'avait dit tout au début que j'avais été sélectionnée comme une candidate possible, car ma connaissance en histoire de l'art et mes sympathies pour l'Irlande faisaient de moi le profil idéal. Pourquoi ne l'avais-je pas interrogé plus précisément avant de me jeter à l'eau à l'aveuglette ?

J'avais dû perdre la tête. J'avais confondu le destin avec la violence et la guerre.

– Ton nom a été prononcé.

– Mon nom a été prononcé ? Où ? Dans un bunker de l'IRA, dans la banlieue de Derry ? Qu'est-ce que ça veut dire : « Ton nom a été prononcé » ?

– Patricia, quand apprendras-tu les règles de base ? Tu n'as pas à le savoir. Sache simplement qu'un partisan de Foley a parlé de toi avec la plus vive admiration et nous a dit que Patricia Dolan serait la candidate parfaite pour notre mission. Ce qui est vrai. Jusqu'ici, tu as été parfaite.

– Foley ? Dans le South End ? Le Foley de Pete ?

Mickey m'a regardée avec un petit sourire condescendant, et s'est penché pour caresser ma main bandée.

– Tu vois ce qui arrive quand on ne connaît qu'une partie des choses. On s'angoisse. On s'inquiète alors qu'il n'y a aucune raison.

J'ai retiré ma main. Il s'est penché davantage, m'a saisi le poignet, l'a plaqué brutalement sur la table. La douleur fulgurante n'était rien par rapport à cette découverte : Mickey avait délibérément voulu me faire mal. J'ai lutté contre les larmes, les haïssant, haïssant Mickey.

– Maintenant, tu m'écoutes, a-t-il sifflé entre ses dents. Ton nom a été prononcé par un vieux pote, qui travaille pour nous de temps en temps, et qui s'appelle Jimmy Leary. D'accord ? Le fait de le savoir rend-il le reste plus acceptable ?

– Jimmy Leary ? Le camarade de régiment de Pete ? Jimmy Leary, qui m'a appris à conduire ? Oh ! Seigneur Dieu !

– Est-ce qu'on peut parler d'autre chose, maintenant ? On a des trucs plus urgents à faire, Patricia.

– Non ! On ne va pas parler d'une putain d'autre chose. *Tu* vas m'écouter ! Je veux savoir ce qui est arrivé à Mary. Et si cette vieille dame a été tuée à cause de moi, j'irai me rendre à la police.

Je me débattais de toutes mes forces pour m'extraire de la terreur dans laquelle j'étais plongée. J'ai repris mon souffle :

– Et tu me tueras moi aussi, si je vais voir les flics ? Ou plutôt les « Gardiens de la paix d'Irlande ». Je pourrais courir immédiatement jusqu'à la cabine téléphonique près de chez Nolan. Qu'avez-vous fait ? Est-ce le soi-disant employé du téléphone qui lui a rompu la nuque ? Pendant que tu t'occupais de moi ici ? C'est ça l'entraînement que tu as suivi à l'IRA ?

Mes mains tremblaient.

– Patricia, regarde-moi ! a-t-il ordonné.

J'ai obéi. Son regard avait quelque chose de glacial que je ne lui avais jamais vu, qui m'a effrayée.

– Maintenant, tu vas me laisser parler. Écoute très attentivement ce que je vais te dire. Pete Dolan.

Il articulait avec soin, comme s'il déchiffrait la légende d'une image. Puis il a continué, d'une voix coupante, glaciale, teintée de cruauté.

– Pete Dolan. Patriote irlandais sincère, sympathisant à notre cause depuis de nombreuses années. Inspecteur en retraite de la police de Boston, Massachusetts, États-Unis d'Amérique. Un type qui nous a donné un coup de main de loin en loin, sans poser de questions, parce que c'était un patriote et que ça lui suffisait. Tu peux imaginer que pendant ses années de service, alors qu'il protégeait les habitants de Boston contre le crime, ton vieux a accumulé un nombre assez important d'ennemis, qui augmentait d'une année à l'autre. Imagine la foule d'escrocs, d'assassins, de petits malfrats qui se sont retrouvés en prison à cause des efforts assidus de Pete Dolan. Plusieurs dizaines, sans doute. Des types qui ont les poches vides mais une bonne mémoire. Des types comme ça, Patricia, qui remâchent leur rancune, rien n'est plus facile que de leur mettre des idées en tête. Alors, parlons d'autre chose.

– Tu n'oserais pas.

– *Toi,* tu n'oserais pas.

Il y a eu un très long silence dans cette cuisine, et pendant ce silence, mon cœur se brisait et tombait en morceaux.

– Écoute-moi une minute encore, Patricia. Les choses ne vont pas comme on le voulait.

Son accent s'était épaissi, comme du porridge en fin de cuisson.

– C'est pas de la tarte. Ils ont refusé notre demande. Tu comprends ce que je te dis ?

– Pas vraiment. Buckingham Palace refuse de vous donner l'argent ?

– Ces salauds de Buckingham Palace ne veulent même pas savoir qu'il leur manque un tableau. Ils ont raccroché au mur la *Jeune femme au luth.*

Il ponctuait ses mots par des coups de poing sur la table qui faisaient sauter la vaisselle.

– Ce n'est pas possible.

– Pourquoi pas ? C'est toi la grande spécialiste en histoire de l'art qui a eu l'idée d'utiliser un faux. Crois-tu être la seule capable d'imaginer ça ? Apparemment pas.

– Ils ont accroché notre faux ? Il n'était pourtant pas très bon !

– Pour moi, notre faux avait l'air très authentique. Je ne pouvais pas faire la différence. Suffisamment authentique, en tout cas, pour faire illusion. Non, d'après l'homme que nous avons dans la place – une taupe qui, en douze ans, est passée de larbin de cuisine à valet de pied –, ils ont accroché une copie du XIXe siècle, assez bonne. Ils nous ignorent. Nous sommes pris à notre propre piège. Betty Windsor n'a pas l'air au courant. Pour expliquer l'éclat nouveau des couleurs, ils ont accroché le tableau dans un recoin sombre des appartements privés, en disant qu'il avait été nettoyé.

Mickey était très amer. Il crachait ses mots.

– Et maintenant ?

À dire vrai, j'étais déçue, aussi bizarre que cela paraisse étant donné la situation. Je continuais de croire que ce que nous faisions avait sa raison d'être et je m'inquiétais du sort qui serait réservé à la *Jeune femme au luth*. C'était peu probable qu'ils me laissent la prendre et l'emporter chez moi. J'avais toujours imaginé, jusqu'ici, qu'elle retrouverait la place qui était la sienne sur un mur, à Londres, après avoir servi notre cause, sans avoir souffert le moindre dommage.

– Ça recommence, exactement comme pour le putain de Gardner Museum.

Renversé sur sa chaise, Mickey se curait les ongles avec la pointe du couteau à pain. Dieu sait si j'en avais entendu, mais là j'étais stupéfaite.

– Tu as participé au vol du Gardner Museum, en 1990 ? C'est l'IRA qui a volé les tableaux ? Ces hommes en uniformes de police appartenaient à l'IRA ? Que s'est-il passé ? Où sont les tableaux ?

– Qui te parle de l'IRA, ma petite ? Qu'est-ce qui te fait croire que l'IRA couvre tout ça ? Actuellement, l'IRA est très occupée à ne pas se prendre les pieds dans les chausse-trappes tendues par votre ineffable Monsieur Gerry Adams.

J'ai dit bêtement :

– L'IRA, l'Armée républicaine irlandaise. Arrête, Mickey. Arrête de parler comme l'amant de Lady Chatterley. L'IRA. Ce n'est pas de l'IRA qu'il est question ? Ce n'est pas pour elle que j'ai travaillé avec toi ?

Il a pris un ton badin. Il s'est mis à rire.

– Il faut changer quelques lettres. Essaie IRLO, Organe de libération de la République irlandaise. Ceux qui font le vrai boulot. Ceux que les journaux appellent « un groupe dissident ». Ceux qui ne se contentent pas d'essayer d'obtenir un siège ou deux au parlement de Stormont.

– Tu appartiens à l'IRLO, pas à l'IRA ?

Il m'a saluée d'un ample geste exagéré.

– Tu as participé au vol du Gardner Museum ?

Je n'arrivais pas à y croire.

– Personnellement, non. Mais plusieurs de mes camarades. Ton Leary en connaît un bout sur la question. Pete lui-même a aidé Leary en subtilisant quelques insignes de policier et quelques uniformes, sans savoir à qui ni à quoi ils étaient destinés. Il a sans doute compris en lisant les journaux. Ton vieux ne t'en a jamais parlé ?

J'ai essayé de me souvenir, mais j'avais le cerveau embrumé. Pete, engagé dans l'IRA, ou l'IRLO, ou je ne sais quoi ? C'était impossible à admettre. J'étais en chute libre.

– Non, non, je ne savais rien de tout ça.

Une horrible pensée m'est venue.

– Vous vous connaissiez, Pete et toi, avant qu'on aille le voir à Noël? Tout était combiné là aussi?

– Pas vraiment. Disons qu'on savait des choses l'un sur l'autre. C'est un type bien ton père.

– Que s'est-il passé au Gardner Museum?

J'étais tellement horrifiée par ce flot de révélations que j'essayais de m'accrocher à quelque chose de facile à comprendre.

– Ça a mal fini. Tu n'aimeras pas du tout cette histoire, Patricia. Tes précieux tableaux sont sans doute au fond de l'océan.

– Comment ça?

– Ah! Tu es devenue une spécialiste en matière de vol d'œuvres d'art, hein? Je peux te dire ce que je sais, ça ne tire pas à conséquence, et je te dois bien ce petit plaisir. En quelques mots: tout a été organisé d'ici par Declan McGlinchey et ses hommes. C'était le lendemain de la Saint-Patrick. Je ne connais pas tous les détails, mais on a utilisé un chalutier de Gloucester parfaitement équipé, qui avait le droit de pêcher hors des eaux territoriales, et quelques-uns de nos hommes faisaient partie de l'équipage. Certains avaient l'habitude de travailler sur les grands chalutiers d'Union Hall, et ils disaient que pêcher dans les eaux américaines était plutôt pas mal, même si on y mourait de froid la moitié de l'année. Bref, ils avaient fait le boulot, et ils étaient loin en mer quand il s'est passé quelque chose de grave: le chalutier prenait l'eau. Ils ne pouvaient pas demander du secours par radio puisqu'il y avait les tableaux dans la cale : si quelqu'un montait à bord, ils savaient qu'ils seraient aussitôt arrêtés. Ils n'ont donc pas eu la moindre chance de faire la demande de rançon espérée. Qui sait au-devant de quels ennuis ils allaient ? Les tableaux ont disparu. Probablement coulés à pic.

J'imaginais *Le Concert* gisant au fond de la mer. Y a-t-il un peu de lumière dans ces profondeurs océanes, ou tout n'y est-il qu'obscurité ?

– D'où est venue cette voie d'eau à ton avis ?

C'était étrange de parler ainsi avec Mickey, comme si rien n'avait changé entre nous, comme si nous discutions d'un film que l'un d'entre nous avait vu il y a longtemps.

– McGlinchey a pensé que l'un des hommes avait voulu faire tourner l'opération à son profit, qu'il y avait eu bagarre ou sabotage.

– Qui sait alors si le traître en question n'a pas pris la fuite avec les toiles dans un canot de sauvetage ?

– Oh ! Bravo, Patricia ! Tu as un esprit criminel très audacieux. Certains croient en effet que c'est ce qui est arrivé. Il est également possible que les tableaux n'aient pas été à bord du chalutier, ou que les choses se soient passées comme tu l'as imaginé, avec un canot de sauvetage et un homme armé de trésors de patience. Je connais quelqu'un qui m'a juré connaître quelqu'un qui connaissait quelqu'un qui garde dans un entrepôt près de Boston toute cette foutue collection d'œuvres d'art… Mais tu ne penses pas qu'il se serait manifesté à l'heure qu'il est ?

J'ai riposté :

– McGlinchey a peut-être eu de ses nouvelles sans te le dire. Peut-être es-tu le seul à avoir été tenu à l'écart.

– Ça se pourrait, a-t-il dit en cessant de se balancer sur sa chaise. Decky McGlinchey a été enterré six mois exactement après cette affaire du Gardner Museum. Tué par les troupes d'occupation, bien sûr.

– Oh ! Bien sûr, bien sûr, ai-je répété en imitant son timbre de voix.

La colère me permettait de dominer ma peur et mon désespoir.

– Venons-en à notre plan, a dit Mickey en me regardant attentivement.

– Notre plan ?

– C'est dur pour toi, je sais, mais on ne peut pas en rester là.

Il parlait doucement, comme s'il cherchait à s'excuser.

– Écoute-moi bien. Il faut que le vol soit rendu public. Nous voulons contacter les journaux et les chaînes de télévision. Démasquer ces connards de menteurs de Buckingham Palace. Nous n'obtiendrons pas la rançon demandée, mais nous aurons au moins gagné sur un point. Nous aurons fait savoir au monde qu'il faut compter avec notre force. Tout ce travail n'aura pas été inutile. Nous allons nous en servir au mieux.

– Tu n'as pas besoin de moi pour envoyer ton communiqué de presse.

– Tu n'y es pas du tout, Patricia. Nous allons tourner un film. Nous allons filmer en vidéo la destruction de la *Jeune femme au luth* et envoyer des copies partout. Ce sera grandiose. Notre opération de relations publiques se retournera contre eux. Les gens n'aiment pas qu'on leur cache les choses. Ça leur donnera une leçon. Ils entendront notre musique et danseront au son de notre cornemuse.

À ce moment-là, je l'ai haï. Profondément haï. Je le haïssais déjà pour ce qui était arrivé à Mary, pour tout ce que j'avais cru qu'il était, pour tout ce qu'il s'avérait ne pas être. Mais là, j'ai franchi un degré de plus. Je savais que les Troubles étaient maudits, mais désormais j'avais en face de moi le mal incarné.

– Voilà donc ce que nous attendons de toi.

Il continuait. C'était à peine croyable. Il n'avait aucune idée de ce que j'étais réellement, absolument aucune. On faisait la paire, Mickey et moi. Il m'avait inventée à sa convenance.

– Nous avons eu l'idée de brûler le tableau. Mais l'un de nous a pensé que ça n'irait pas facilement, que ça pourrait mal brûler et qu'on ne verrait que de la fumée, un coup pour rien en somme. Pas idéal pour le journal télévisé du soir. Qu'en penses-tu ? Tu connais la peinture et tout, tu sais sans doute comment elle brûlerait. Peut-être faut-il l'arroser d'essence ? Pour augmenter l'effet dramatique, tu comprends ?

J'ai réfléchi un long moment. J'ai réfléchi à toutes sortes de choses, à toutes les options possibles. Mickey, qui a toujours aimé le silence, attendait patiemment. J'ai fini par trouver la réponse.

– Tue-la.

– Ça veut dire quoi, exactement ?

Il était sur la défensive.

– Tire-lui dessus. Vous devez sûrement avoir des fusils cachés quelque part, non ? Mais tu n'as peut-être pas le droit de m'en parler ?

Mickey a hoché la tête, sans vraiment dire oui.

– Pose-la contre un mur, à côté d'un journal du jour pour montrer la date et tire dessus à bout portant pour la réduire en miettes. C'est ton style, non ? Une exécution capitale. Excellent pour la caméra. Violent. Le monde entier pourra voir le tableau tomber en poussière.

Mickey a fini par sourire avec une sorte de déférence.

– Tu es géniale, Patricia. Une fois de plus, la grâce dans l'urgence. C'est exactement ce que j'attendais de toi. Je t'en suis très reconnaissant, crois-moi.

Je savais ce que j'avais à faire. La *Jeune femme au luth* m'avait appris ma leçon. L'art de Vermeer est l'art de choisir parmi les choses et de les transformer. C'est un génie qui vient de ce qu'il ne juge jamais à l'avance. Un génie qui interroge l'objet choisi, qui se demande ce que veut cet objet. Un génie qui se laisse surprendre.

Ce soir-là, je suis allée chez Mary pour la veillée funèbre. Nora m'avait demandé de venir vers onze heures. Il faisait froid, mais le ciel était pur, la nuit noire, à peine traversée du reflet de la nouvelle lune.

Je suis incapable de dire ce que j'ai fait le reste de cette horrible journée. Mickey a eu plusieurs conversations sur un téléphone portable. Nous n'avons échangé que quelques mots. Il était distrait, fermé. J'ai dormi un moment. En me réveillant, j'ai entendu des voix d'hommes dans la cuisine et je ne suis pas descendue. Je me suis rendormie. Il faisait nuit quand j'ai quitté la chambre. Mickey prenait un bain. Les autres étaient partis. J'ai trouvé le banc d'église ouvert. Quelqu'un avait dormi sur le vieux matelas. J'ai mis les tasses sales dans l'évier. Dans l'une d'elles, des mégots de cigarettes flottaient sur un fond de thé au lait. Mickey, ou quelqu'un d'autre, avait réchauffé une boîte de soupe à la tomate. Tout sentait le vomi, j'ai trouvé. Je me suis assise en attendant l'heure de partir. J'ai vainement essayé de finir *Le Livre des aveux*. J'étais obsédée par la *Jeune femme au luth*.

Il y a dans ce tableau une conscience qui est une intégrité rendue visible. Finalement, considérer cette admirable création de Vermeer, c'est voir une pensée du monde. Dans son isolement contemplatif, la femme lève les yeux de sa musique et nous regarde, elle nous demande de prendre position. Elle nous donne l'ordre d'exister, de nous regarder nous-mêmes.

Mickey semblait s'être installé au cottage. Il m'a dit qu'à son avis je ne reviendrais pas avant le matin si je participais à la veillée funèbre. J'ai été soulagée de ne pas avoir à me demander qui dormirait où. J'avais l'impression de marcher sous l'eau. Quand je me suis dirigée vers la porte, emmitouflée contre la nuit, contre le froid, il m'a suivie et m'a pris le bras.

– Comment va cette main ? m'a-t-il demandé à mi-voix.

– Très bien, ai-je répondu sans le regarder, alors qu'elle me faisait un mal de chien.

– Pardon.

Dans ces espaces étroits du cottage, j'aurais préféré qu'il se tienne loin de moi. Je ne supportais plus qu'il me touche, même légèrement, même par mégarde. Les mots : dur, solitaire, courageux et assassin tournaient dans ma tête. Ceux qu'utilise D. H. Lawrence quand il parle de Bas de Cuir, le héros de Fenimore Cooper.

– Le mieux serait que tu partes demain matin, après l'enterrement, bien sûr. Tu as une place retenue sur Aer Lingus, mais tu peux faire ce que tu veux. Il y a toutes les semaines, à Cobh, des cargos qui partent pour l'Amérique ou qui en reviennent, et ils prennent des passagers. Le confort est suffisant, la bouffe correcte, et c'est une bonne façon de passer une quinzaine de jours. Ça pourrait te faire du bien de rentrer lentement, de prendre le temps de te retrouver. On ne pose pas beaucoup de questions sur les navires de la Panaméenne. Je peux te donner des noms si tu le désires.

– Peu m'importent les questions. Je n'ai rien à cacher.

– Non, c'est vrai.

Il a soupiré.

– Je te laisserai les informations écrites sur la table. Tu les trouveras en revenant. Voilà. Demain matin, tu pourras regarder une dernière fois ton petit tableau. Je te le promets.

Il s'est penché, comme pour m'embrasser, et je me suis raidie. Il s'est arrêté. J'ai senti ses lèvres m'effleurer brièvement le front.

– Ah! Patricia, a-t-il murmuré, si j'avais une vie où je pouvais aimer quelqu'un, c'est toi que j'aimerais. Je voudrais que tu me croies si je te dis que je n'ai pas joué avec toi. Essaie de comprendre ce qu'on vit ici. Constamment humiliés. Prisonniers de cette humiliation. Il faut résister. Il faut nous battre. C'est une mutilation, cette saloperie de haine qui nous tient.

Je n'avais emporté qu'une jupe plutôt mal coupée, en velours côtelé bleu foncé. Je l'avais mise, en sachant que je la porterais également le lendemain pour le service funèbre.

La porte de Mary s'est ouverte au moment où j'arrivais: Kieran O'Mahoney s'en allait. Plusieurs chats ont surgi en même temps que lui et ont disparu dans la nuit. Qui allait les nourrir désormais? J'ai pensé à Tiggy, que je n'avais pas vu depuis plusieurs jours. Mais bon, les chats irlandais ont l'air de savoir se débrouiller. Kieran ne m'a pas vue. Il s'est arrêté pour faire un signe de croix, puis a allumé une cigarette, et s'est dirigé vers sa voiture, garée dans une brèche du mur qui longe le chemin. Comme je n'avais aucune envie de lui parler, j'ai attendu dans l'ombre, près du poulailler de Mary. Kieran a longuement et bruyamment uriné contre le mur, puis il est monté dans son auto et a fait marche arrière dans la cour avant de s'engager sur la route.

Aidée par deux femmes de la paroisse, Nora avait fait la toilette de Mary, l'avait habillée de blanc et couchée sur le lit. J'ai pensé que ce devait être un suaire. Je n'en avais jamais vu. Mary m'a paru toute petite, comme si la mort avait aspiré ce qui donnait forme à son corps. J'ignorais tout du cérémonial, mais d'instinct je suis allée jusqu'au lit, je me suis agenouillée et j'ai trouvé un certain réconfort à réciter le Notre Père et le Je vous salue Marie, qui m'étaient familiers autrefois.

Nora m'a présenté Peter Carew, le neveu de Mary, et sa femme Kathleen, lourdement enceinte. Peter doit avoir près de trente ans, grand, timide, la poignée de main molle. C'est à lui que revient le cottage. Kathleen m'a saisi le bras et a commencé à m'expliquer, comme sur la défensive, que le pasteur de Clonakilty leur avait brièvement téléphoné tôt dans la matinée pour les autoriser à s'occuper de tout. Kathleen, comme tous les voisins de Mary, est catholique, et même si l'enterrement doit avoir lieu le lendemain dans un temple protestant, ils tiennent à respecter la tradition qui est la leur. « Peter, m'a-t-elle dit, est un païen parfait, sans aucune religion. »

Ils avaient allumé des cierges un peu partout, posé des draps blancs sur certains meubles. Où avais-je déjà vu cette chambre ? Hogarth ? Bruegel ? Jan Steen ?

Elle était étroite, étouffante. J'y suis restée un court instant, mal à l'aise, échangeant quelques mots avec les Carew, Nora et deux autres femmes, assises l'une derrière l'autre comme des enfants qui jouent au train, puis je suis redescendue.

Il y avait d'autres gens dans la maison, certains que je connaissais du village, certains qui m'étaient étrangers. On avait posé sur la table du salon de quoi manger et de quoi boire, comme si Mary nous invitait chez elle, et comme j'étais pratiquement à jeun depuis le matin, et que cette maison, dans laquelle je n'étais jamais entrée me semblait pourtant familière, j'ai eu faim.

Debout près de la table, j'ai avalé un sandwich jambon-mayonnaise, en regardant les objets qui appartenaient à Mary – napperons, coquillages, statuettes en porcelaine du Staffordshire, et quelques affreux portraits d'ancêtres, datant du XIXe siècle, dans des cadres en plâtre doré.

Un vieil homme, que j'ai identifié comme l'un des clients réguliers du pub et qui me suivait des yeux chaque fois que je traversais le village, s'est approché de moi, s'est penché sur la table pour remplir son verre de whisky et a vidé la bouteille. Il l'a levée vers la lampe et l'a regardée attentivement, comme s'il s'attendait à y découvrir quelque chose. Son costume du dimanche dégageait des vapeurs de camphre.

– Savez-vous pourquoi, Mademoiselle, on appelle une bouteille vide « un cadavre de soldat » ? m'a-t-il demandé poliment.

– Non.

– Parce que l'esprit s'est envolé, vous comprenez ? La bouteille est vide et l'esprit s'est envolé. Un cadavre de soldat. On appelle ça comme ça. Vous ne le saviez pas, hein, Mademoiselle ?

Il a posé la bouteille et s'est longuement frotté les mains, ravi de ce qu'il venait de dire.

– Donal, arrête de flirter avec la dame américaine, a intimé un homme assis à côté du téléviseur, habillé à peu près de la même façon.

Le son avait été coupé. Le reflet bleuâtre de la lumière dansait sur ses genoux. On diffusait *Dynasty*.

– Quand il a la chance de parler à une jolie fille, on dirait que Donal a gagné le gros lot, m'a expliqué la femme de Hugh O'Keeffe. Vous voulez une tranche de gâteau, ma chère ?

Comme je me sentais complètement étrangère, et que je tenais à me montrer aimable, j'ai accepté, alors que, de toute évidence, personne d'autre n'en avait eu envie. Le gâteau était recouvert d'un glaçage rose, qui avait un goût de saindoux. J'en ai avalé un petit morceau.

– Très bon, vraiment.

De là où il était assis, Hugh O'Keeffe regardait fixement la table. J'ai compris qu'il était ivre. J'ai compris que la plupart des hommes étaient ivres.

– C'est la spécialité d'Orla, a-t-il dit en détachant les syllabes. Préparée avec les restes de la veille.

– C'est complètement faux, a protesté Orla O'Keeffe en m'agrippant le bras de son énorme main abîmée par le travail.

Les Carew sont descendus du premier étage et j'ai senti l'atmosphère s'alourdir. On ne les aimait pas.

La porte s'est ouverte, apportant une bouffée d'air frais bienvenue dans le salon surchauffé. Annie Dunne se tenait sur le seuil, comme la mauvaise fée qui vient se pencher sur le berceau du baptême. Elle était vêtue d'une jupe noire démodée, vaguement espagnole. Elle a regardé l'assemblée d'un air soupçonneux. Quelques chats ont filé par la porte au moment où elle se refermait.

– C'est une honte, oh! oui, c'est une honte! s'est-elle écriée en nous dévisageant. Et vous – son regard s'est arrêté sur moi –, vous, Mademoiselle, vous êtes la dernière personne à avoir vu Mary vivante. C'est un fait établi. Je le tiens des gendarmes. Ils sont venus m'interroger, oui, moi. Ils m'ont posé des tas de questions. Parce qu'ils savent qui est au courant de ce qui se passe à Ballyroe.

– C'est faux, a murmuré Donal. Ils se sont arrêtés chez elle pour acheter des chips et des clopes. Voilà la vérité. C'est ça être interrogée pour Annie.

Il y a eu des allées et venues pendant les heures qui ont suivi, mais, à deux heures du matin, nous n'étions plus que trois: Nora, Orla O'Keeffe et moi. Les Carew étaient partis d'assez bonne heure, gênés, ai-je pensé, d'esquiver la veillée funèbre. En fait, c'est Nora qui les avait poussés dehors, insistant pour que Kathleen ne reste pas debout plus longtemps. Nous avons fait la vaisselle, Nora et moi, en échangeant quelques mots. Elle m'a dit qu'elle connaissait Peter depuis l'enfance, de l'époque où il passait une quinzaine de jours chez Mary chaque année au mois d'août.

– Il n'a jamais eu l'air très viril. Ça m'a étonnée quand il a dû épouser si vite Kathleen O'Leary. Son père à elle n'était pas très content. Il rêvait d'autre chose pour sa plus jeune fille qu'un mariage avec cet Anglais qui a du thé léger dans les veines. Mais je dois reconnaître que Peter a été parfait avec elle.

J'étais un peu perdue.

– Ça s'est passé récemment ?

– Oh ! Non, le polichinelle sous le tablier, c'est leur sixième. Ça devient une manie, chez eux.

J'étais triste d'essuyer les tasses et les assiettes de Mary avec ses torchons. Elle me manquait. Je me demandais ce que Peter allait faire du cottage. Le vendre ? Le louer ? Nora est partie. Il fallait qu'elle aille s'occuper d'une vache malade qu'elle avait confiée à ses fils. Elle en avait pour une petite heure.

Je suis remontée dans la chambre avec une nouvelle tasse de thé pour Orla. Le cérémonial semblait exiger que quelqu'un veille constamment la dépouille de Mary. Je me suis rendu compte qu'elle n'avait jamais été seule de toute la soirée.

J'ai été soulagée d'entendre Orla me dire que, si ça ne me dérangeait pas, elle avait besoin de se dégourdir les jambes. Ce que je voyais de ses chevilles enflées montrait qu'elle avait des problèmes de circulation. Elle s'est levée lourdement, puis a lentement descendu l'escalier, marche à marche; j'entendais trembler sa tasse dans la soucoupe.

Je me suis retrouvée seule avec Mary. Assez longtemps pour lui dire ce que j'avais à lui dire.

Qu'était-elle pour moi? Je la connaissais mal. Une femme âgée, née en Écosse, qui aimait la lecture, son jardin et ses chats. Nous sommes liées l'une à l'autre à jamais. Elle saura garder le secret.

À un moment, Nora est revenue et Orla est rentrée chez elle. Nous nous sommes assises à côté du lit en silence, un peu somnolentes. La cire des bougies coulait sur les bobèches. J'ai rêvé d'une mer infinie qui se transformait en une prairie verte. Je m'y engageais, mais la terre redevenait la mer et les collines de hautes vagues couvertes d'écume. Je me suis réveillée avec à l'esprit le mot: calenture. Pendant le reste de la nuit, Nora a récité deux fois de suite son rosaire. Je l'ai accompagnée. Puis j'ai plongé dans un sommeil plus profond. Il faisait jour quand je me suis éveillée. J'avais mal au cou comme après avoir dormi dans un train. L'employé des pompes funèbres frappait à la porte avec impatience. Le corbillard était là, dans la cour. Un énorme corbillard très vieux modèle, avec des parois vitrées.

Kevin Donohue et son assistant ont posé le cercueil sur un chariot après en avoir enlevé le couvercle. Ils portaient un uniforme noir et faisaient penser à des figurants de cinéma. Le cercueil était vide. C'était normal, évidemment, mais ce vide avait quelque chose d'étrange. La doublure de satin rouge à ruchés paraissait de mauvaise qualité dans la lumière crue du matin.

Nora préparait du thé dans la cuisine. Les Irlandais sont persuadés qu'avaler des litres de thé sert d'antidote à tout. Donohue et son assistant sont venus nous rejoindre, et nous avons bu notre thé tous les quatre dans un silence pesant, en grignotant quelques biscuits rassis trouvés dans une boîte, qui devaient dater de Noël.

Nous les avons aidés, Nora et moi, à envelopper Mary dans un drap blanc. Puis ils l'ont recouverte d'une seconde étoffe blanche ; elle ressemblait à une momie minuscule. Ils ont posé le corps sur une civière pour descendre l'étroit escalier. Pour les dernières marches, ils ont été obligés de la tenir presque à la verticale.

Ils ont couché Mary dans le cercueil et ont fermé le couvercle. Nora m'avait bien expliqué que Mary reposerait dans son cercueil telle qu'elle était, enveloppée de son suaire, sans qu'il y ait besoin d'habiller le corps davantage puisque le cercueil serait fermé. Elle paraissait pourtant mécontente.

– Un enterrement avec un cercueil fermé, m'a-t-elle dit à voix basse. Ils font ça pour la clique de l'Église d'Irlande. Ce n'est pas bien. Ce n'est pas notre façon à nous. Pas du tout. Ce n'est pas bien du tout.

Donohue l'a entendue.

– Désolé, Nora, mais j'ai reçu les ordres de Clonakilty. La clique de là-bas veut que ce soit comme ça.

Considération sans importance : je n'aimais pas cet homme. Il me faisait penser à Uriah Heep, le pique-assiette de David Copperfield. Aidé de son assistant, il a installé le cercueil dans le corbillard. Donohue a pris le volant. Ils avaient tous les deux des lunettes de soleil en plastique ridicules. Et le corbillard s'est éloigné, tellement incongru, tellement déplacé sur ce petit chemin qui m'était familier.

J'ai attendu qu'il disparaisse dans un virage et je suis rentrée chez moi faire mon sac et me changer pour le service funèbre.

Nora m'a demandé si je voulais faire partie de sa famille, et je n'ai pas compris ce qu'elle voulait dire jusqu'au moment où elle m'a expliqué que dans une heure, après avoir trait les vaches, ils partiraient pour Clonakilty et qu'il y avait une place pour moi dans leur voiture. J'ai accepté d'autant plus volontiers que je ne savais pas comment y aller.

Le cottage était étrangement désert, comme il ne l'avait jamais été. Aucun signe de vie de Mickey pendant que je faisais mon sac. Il m'avait laissé les renseignements concernant les navires marchands de Cobh, ainsi que les horaires des cars. Vraiment très prévenant. J'ai mis mon pull le plus élégant, en espérant que j'aurais l'air suffisamment respectable. Mes cheveux étaient plats. Je ne les avais pas lavés depuis cinq jours. Je me suis regardée dans le reflet de la fenêtre. J'étais affreuse, blême, hagarde. Qu'importe. J'ai mis un jean sur le dessus de mon bagage, pour pouvoir me changer à mon retour. Tout ce que je voulais emporter s'y trouvait, à l'exception de ce cahier, que j'ai préféré garder dans mon sac à main, au cas où quelqu'un fouillerait mes affaires.

J'ai été au bord de la nausée pendant tout le voyage, à l'aller comme au retour, parce que Pat O'Driscoll conduisait atrocement mal, qu'il y avait beaucoup de vent, un pot d'échappement en très mauvais état, et un relent de camphre et d'odeurs corporelles qui appartenait en propre au clan O'Driscoll. J'étais coincée sur la banquette arrière entre deux des fils, les deux autres étant restés à la ferme pour s'occuper des vaches. Le service funèbre a été plat et formel, suivi essentiellement par les paroissiens de Clonakilty. Rares étaient les habitants de Ballyroe qui avaient fait le voyage. J'ai trouvé le pasteur froid, le service machinal. Rien à voir avec la Mary Carew que j'avais un peu connue.

La pierre tombale était prête, avec, gravés, son nom et sa date de naissance suivie d'un tiret. Le graveur n'aurait besoin que de quelques minutes pour y faire figurer celle de sa mort. La cérémonie achevée, le pasteur a regagné le temple. La plupart des gens sont partis et je suis restée. J'ai regardé le cercueil s'enfoncer dans le sol. J'avais fait mes adieux à Mary la nuit précédente, quand je m'étais trouvée seule avec elle. J'ai fermé les yeux un moment. J'ai entendu le bruit des pelles qui s'enfonçaient dans la terre, puis celui de la terre qui tombait sur le bois poli.

Pour Katie, on avait célébré le service funèbre devant la tombe. Tous nos amis étaient là, sous les arbres, et le souvenir le plus net que j'en garde est le bruit de la terre heurtant son petit cercueil, sachant qu'elle était là, à l'intérieur, toute seule, glacée. On m'a dit que j'avais jeté des pelletées de terre dans la tombe frénétiquement, comme si je voulais la combler toute seule. Sam m'avait enlevé la pelle des mains, et nos amis, l'un après l'autre, avaient jeté de la terre dans le trou, pendant que Sam me soutenait. Quel amer désespoir. Deux êtres déchirés, enfermés dans leur propre chagrin, incapables de se rejoindre.

J'ai pensé à Mary. J'ai tenté d'imaginer l'intérieur du cercueil, les ténèbres qu'aucune lumière ne percerait jamais. Je ne voulais pas m'en aller avant d'avoir vu les employés du cimetière remplir suffisamment la tombe pour que le cercueil disparaisse. Il n'y avait plus personne. Nora et sa famille m'attendaient dans la voiture, me regardant à travers les vitres embuées.

– Surveiller le travail des croque-morts, ça ne se fait jamais d'habitude, m'a-t-elle dit d'un ton réprobateur quand je suis revenue.

Je suis rentrée à pied de la ferme des O'Driscoll jusqu'à Gortbreac Cove. J'ai aperçu une voiture devant le cottage, couverte de boue, avec des housses imitation léopard sur les sièges et une vitre arrière bouchée par un morceau de plastique collé grâce à du chatterton. Ce que Nora appelle une

« vieille guimbarde ». Je suis entrée. J'ai trouvé Mickey et deux hommes assis dans la cuisine, en train de boire du thé en mangeant des biscuits HobNob. L'un des deux était l'employé du téléphone, l'autre Willy Hayes, le facteur. Ça ne faisait jamais qu'une déconvenue de plus.

Le tableau était sur la table.

Ils ont levé un doigt, sans un mot, pour me saluer, comme le font tous les gens de Cork quand ils se croisent sur la route, en voiture ou dans leur tracteur. C'est vraiment un endroit que je regretterai ! Ignorant l'employé du téléphone, j'ai fixé Willy du regard pour essayer de comprendre. Il a hoché la tête avec un haussement d'épaules qui était une forme d'aveu.

– Changement de plan, a dit Mickey.

J'ai eu un instant de panique. Allaient-ils me tuer à mon tour ?

– Ton idée de fusil était excellente, mais trop dangereuse à cause du bruit. Retour au plan A, donc. On a préparé du foin et de l'essence.

– Vous allez la brûler ?

– Exactement ce que je suis en train de te dire. On t'attendait. Ils ont gentiment enterré la vieille ?

Je n'ai pas répondu. J'ai pris le tableau et j'ai été l'examiner à la lumière de la fenêtre.

– J'enlève la vitre. Vous n'en avez pas besoin.

Je les ai suivis en portant le tableau. Nous avons gagné l'arrière-cour sans un mot. Le silence était palpable. La plupart des habitants de Gortbreac devaient être en train de déjeuner.

Ils avaient préparé un petit tas de foin moisi et un jerrican d'essence en plastique rouge. L'employé du téléphone a sorti de sa poche une petite caméra vidéo pas plus grande qu'une main et a dévissé le cache de l'objectif.

– Surtout, pas un mot! a-t-il ordonné. Pas un bruit de voix pendant l'enregistrement. Rien qui permette de repérer l'endroit. J'enregistre en plan serré.

Mickey a préparé dans le foin un petit nid confortable avec des gestes tendres. Willy a déployé un exemplaire de l'*Irish Times* du jour, avec les titres bien visibles. À Mallow, un container de purin s'était accidentellement renversé dans la Blackwater, entraînant la mort des poissons et compromettant l'ouverture de la pêche à la ligne.

J'ai posé très doucement le tableau sur le journal, comme si je couchais un enfant endormi dans son berceau. Les couleurs m'ont paru poussiéreuses, délavées, assourdies par l'étrange clair-obscur des nuages qui couraient dans le ciel. Elle avait un regard vide. Des mains plates, quelconques. Elle n'avait plus ni forme ni grâce. Toute la magie du tableau avait disparu. Un faible vent d'après-midi semblait rincer l'air de sa clarté.

Mickey a soigneusement arrosé le tout avec de l'essence. Willy a enflammé une allumette. Le silence était si dense que je pouvais entendre le ronronnement de la caméra vidéo. Willy a lâché l'allumette.

Une grande flamme a jailli aussitôt, couronnée d'une écœurante fumée noire.

Tout s'est passé très vite. C'était un très petit tableau. Le panneau de bois noirci a brûlé pendant quelques minutes. L'employé du téléphone s'est agenouillé et a terminé la prise de vue par un zoom sur les montants carbonisés du cadre, qui formaient toujours un rectangle.

Je suis partie. Mickey faisait un tas des petits résidus noirs, arrosait d'essence le reste du foin. Je me suis retournée pour le regarder une dernière fois. Son visage était sans expression. J'ai vu jaillir une étincelle et de nouveau des flammes. Il ne restait plus du panneau de bois que des débris et des cendres pâles, qui volaient dans la brise comme des flocons de neige.

Je n'avais plus rien à dire à Mickey. Plus rien à dire à qui que ce soit. Je ne pense pas que cela change avant longtemps. Je suis vide. J'ai vu mourir la *Jeune femme au luth*. Arrivée au cottage, j'ai enfilé mon jean. J'ai pris mon sac. Je suis partie sans plus regarder derrière moi.

Quand j'ai entendu un tracteur, j'étais à mi-chemin de Ballyroe. Je me suis rangée pour le laisser passer, il a ralenti et s'est arrêté. Je me suis retournée. C'était Billy Houlihan. Allait-il vraiment au village, ou m'avait-il rattrapée parce qu'il m'avait vue avec mon sac ? Je ne le saurai jamais. C'était peut-être juste une coïncidence, l'un de ces hasards de la vie. Il m'a conduite jusqu'au village où je prendrais un car pour Clonakilty, de là un autre pour Cobh.

– Alors, vous nous quittez ? a-t-il crié par-dessus le bruit du tracteur, alors que je grimpais à l'arrière.

J'ai répondu d'un signe de tête. Quand je suis descendue à Ballyroe quelques minutes plus tard, il m'a tendu la main. J'ai senti sa paume rugueuse, calleuse, serrer la mienne. Je l'ai gardée un moment. Il a été le seul à qui j'ai dit au revoir.

J'écris ces dernières pages à Cobh, dans un petit *bed and breakfast*. Je n'ai pas dormi de la nuit. Dans un moment, je prendrai mon dernier petit-déjeuner irlandais. Je suis morte de faim. J'ai réservé une place sur un cargo de la Panaméenne. Nous prenons la mer cet après-midi, avec un chargement varié : charbon, bois, pièces de machines, en direction d'Halifax, ce qui, par rapport à mon histoire familiale, est une bonne direction. Mickey a eu une excellente idée. Retrouver mon ancienne vie après quelques heures de vol aurait été un changement trop brutal. J'ai besoin de temps. J'ai envoyé une carte postale à Pete pour lui dire où j'étais et la date approximative de mon arrivée.

Je vais regagner New York.

Je vais reprendre une vie où rien n'aura changé et où tout aura changé, une vie où tout sera semblable et où rien ne sera semblable. Ce qui me manquera le plus de Mickey, c'est ce qui aurait pu être. Je regretterai la façon dont nous étions ensemble, la façon dont j'envisageais l'avenir. Je regretterai ce pays de raconteurs d'histoires où l'on ne sait pas distinguer la vérité de la fiction.

Je vais reprendre le chemin de la bibliothèque d'histoire de l'art de la Frick Collection. Je sais déjà exactement où ce petit cahier sera pour longtemps en sécurité. Inutile, lecteur, de te décrire en détail le volume sur les contrefaçons de l'histoire de l'art que j'ai choisi comme cachette idéale où faire reposer ce récit, puisque tu es en train de me lire. Quand tu auras fini, j'espère que tu comprendras la nécessité de replacer ce cahier dans sa cachette. Je te prie d'en avoir le courage et de me faire l'amitié de l'y remettre.

J'espère vivre assez longtemps pour faire la paix avec un monde peuplé de gens qui regardent sans voir et qui écoutent sans entendre.

Je vais quitter ce pays par la mer, comme l'a fait Michael Dolan, lorsqu'il s'embarqua vers le Nouveau Monde pour s'installer à Halifax dans l'espoir d'une vie meilleure. Les jours que j'ai passés ici m'aideront, je le sais, à construire une vie meilleure que celle que j'avais avant. Ma main va guérir. J'espère garder une cicatrice.

J'évoquerai brièvement Mickey avec Pete, et nous tomberons d'accord pour ne plus jamais en parler, et nous n'en parlerons jamais plus. J'espère que Pete a encore devant lui quelques bonnes années, et j'espère qu'il aura une mort paisible.

En vieillissant, je vais sans doute devenir un peu excentrique. J'aurai des quantités de chats. Quoique je m'attende à finir ma vie dans la solitude, je ne serai jamais seule. Certains de ceux que j'ai le plus aimés reposent sous terre, mais ils vivent en moi. Je pense à ma mère, à la façon dont je commence à lui ressembler. Je trouve peu à peu la force de penser à Katie, à la façon dont elle aurait pu me ressembler. Même si la vie ne doit être qu'une suite de pertes, je choisis la vie.

J'avais emporté, bien sûr, ma reproduction de la *Jeune femme au luth*. Une de celles dites « de luxe », que j'avais achetée à la boutique de cadeaux de la Frick, avec la ristourne des membres du personnel. Je la gardais sous l'escalier du cottage, avec ce cahier. Je pensais qu'elle pourrait servir. Elle est parfaitement entrée dans le cadre. Elle a parfaitement brûlé. Quand Willy a enflammé l'allumette, j'ai eu peur. Je me suis dit qu'elle avait peut-être un support en acrylique qui risquait, en flambant, de révéler la supercherie. Ou quelque chose du même genre, qui m'aurait sûrement coûté la vie. Mais non. Elle a parfaitement brûlé.

Et je pense à Mary Carew. Comme elle doit être heureuse de dormir pour l'éternité à côté de la *Jeune femme au luth*. Car c'est là qu'elle repose, au cimetière de Clonakilty, dans le comté de Cork, dans la république d'Irlande, sur la Terre, dans l'univers.

Achevé d'imprimer en mars 2021,
sur les presses de la Nouvelle Imprimerie Laballery,
58500 Clamecy.
Numéro d'imprimeur : 103657

Cet ouvrage est imprimé, pour la couverture,
sur du Munken Polar Rough 300 g
et, pour l'intérieur, sur papier bouffant Munken Print White 90 g,
provenant de la gestion durable des forêts.